Andre Mairock

Hochzeit auf dem Wildgruberhof

Andre Mairock

Hochzeit auf dem Wildgruberhof

Roman

rosenheimer

3., neu bearbeitete Auflage

Bearbeitung, Lektorat und Satz: Pro libris Verlagsdienstleistungen, Marbach am Neckar

Titelfoto: Michael Wolf, München
Druck und Bindung: freiburger graphische betriebe
Printed in Germany

ISBN 3-475-53345-6

1

Das einsame Kreuztal, wo Fuchs und Hase einander gute Nacht sagen, wie es im Volksmund heißt, bietet keineswegs einen unfreundlichen oder gar öden Anblick, ganz im Gegenteil, es ist ein Stück des hügeligen, waldreichen Voralpenlandes, mit schmucken Dörfchen und stattlichen Bauerngehöften. Auf den Weiden des sattgrünen Berglandes ziehen die Viehherden, in den Niederungen, durch die der Bach, die Faule Ach genannt, seinen gekrümmten Lauf nimmt, breiten sich üppige Kornfelder aus.

Aber das Kreuztal liegt weit ab vom großen Verkehr; es wird weder von einer Eisenbahnlinie noch von einer Autobahn oder auch nur Bundesstraße durchzogen, weshalb es von der Außenwelt immer noch ziemlich unberührt ist.

Die Bewohner des Kreuztales sind jedoch Menschen wie du und ich, Menschen mit den gleichen Gefühlsregungen, behaftet mit denselben Schwächen und Leidenschaften, die dort wie allerorts zu tragischen Vorfällen führen können. Aber die Leute vom Kreuztal legen für derlei Abwege viel strengere Maßstäbe an. Ihre Welt ist eben klein und reicht nur bis zu den Gemarkungen ihres Dorfes. Wann geschieht schon einmal unter ihnen ein Verbrechen? Jeder hat sein gutes Auskommen, und keiner braucht den Nachbarn, der vielleicht ein paar Kühe mehr im Stall stehen hat, zu beneiden oder gar zu berauben.

Wenn also doch einmal eine böse Tat geschieht, ist das Erschrecken unter den Leuten größer und das Urteil härter.

Ein warmer Frühsommertag ging zur Neige, klar und rot war der Abendhimmel über der Hügelkette und spiegelte sich am Fels des fernen Hochgebirges. In den Niederungen dampfte die Erde, auf das Gras fiel der Tau. Hier und dort hatten die Bauern schon mit dem Heuen begonnen, der Duft geschnittenen Grases wehte von den Wiesen her.

Vom Dorf Achgaden in Richtung auf den Weiler Laubers zu war ein junger Mann unterwegs. Langsam stieg er gegen den Hügel an, dabei schaute er sich ab und zu neugierig in der Gegend um, was darauf hindeutete, dass er hier fremd war. Mit einem prall gefüllten Rucksack bepackt, den Straßenstaub an den Schuhen und an der Kleidung, hätte man ihn für einen Wanderer halten können, der sich vielleicht nur durch Zufall ins abgelegene Kreuztal verirrt hatte.

Doch nein – hätte er denn so aufmerksam um sich geschaut, als ob er auf der Suche nach einem ganz bestimmten Ziel sei, wenn er nur zufällig ins Kreuztal gelangt wäre?

Erst als er droben auf dem Hügelkamm das große steinerne Sühnekreuz erreichte, das vor vielen Jahren errichtet worden war, vermochte er einen Blick auf die zwei großen Bauernanwesen von Laubers zu werfen. Sie lagen drüben auf einer grünen Anhöhe, etwa fünfhundert Meter voneinander entfernt, umgeben von ertragreichen Fluren und beschattet von Wäldern, die sich dicht und schwarz im Hintergrund ausweiteten. Man sah den beiden

Gehöften an, dass ihre Besitzer ein wohlbestelltes Dasein führten. Über den weiten, umfriedeten Hausanger weidete das Vieh. Friedlich erscholl Kuhglockengeläute in der Stille des lauen Sommerabends.

Trotzdem ging von den beiden Gehöften etwas seltsam Düsteres aus. Das lag nicht nur an der Stille und Weltabgeschiedenheit des Weilers oder an den altersgrauen Hausverkleidungen, die wohl schon lange nicht mehr frisch gestrichen worden waren, sondern vor allem an jener unseligen Erinnerung an eine Bluttat, die zwar schon lange Jahre zurücklag, aber noch lange nicht vergessen war und vielleicht nie mehr vergessen werden konnte, solange noch Menschen in der Gegend lebten, die Augen- oder doch zumindest Ohrenzeugen davon geworden waren.

Der Bauer Wildgruber hatte damals seinen Nachbarn, den Bauern Breitinger, erschlagen.

Und hier, dicht an der Straße, die über den Hügel hinabführte, zwischen den alten Eichen, war die Stelle, wo der Tote aufgefunden worden war. Man hatte dort ein steinernes Sühnekreuz errichtet und mit einer Inschrift versehen. Der fremde Wandersbursche las jetzt die eingehauene, bereits zum Teil von Moos bedeckte Inschrift von dem Steinkreuz, warf schließlich den Rucksack ab und setzte sich auf ihn. So schaute er auf die beiden Einödhöfe, die er heute zum ersten Mal sah. Aber er schien von ihrer Geschichte zu wissen, denn er musterte sie mit ganz besonderem Interesse. Sein sonnengebräuntes, kantig geschnittenes, aber nicht unschönes Gesicht nahm dabei einen sehr nachdenklichen Ausdruck an.

Er saß noch da bis zur einbrechenden Dämmerung. Dann aber stand er schließlich auf, warf seinen Rucksack über und setzte seinen Weg fort.

Ohne Zögern ging er auf den Weiler Laubers zu, und als er das erste Gehöft erreichte, sprang er über den Zaun hinweg in den Hausanger. Das Vieh, das vor seiner Rast noch auf der Weide gewesen war, schien inzwischen in den Stall getrieben worden zu sein. Hinter den kleinen Stallfenstern brannte das Licht, man war dort wohl gerade bei der Arbeit. Im Hof standen ein paar Feldwagen und ein schwerer Traktor. Das Tor der Scheune war geschlossen.

Der junge Mann betrachtete das Haus voller Neugier. Die Fenster waren dunkel. An der Stalltüre erschien da auf einmal eine ältere Frau, die einen vollen Eimer schleppte. Sie bemerkte ihn nicht, bis er sie ansprach und nach dem Bauern fragte.

Die Alte musterte ihn geraume Zeit mit spürbarem Misstrauen, ehe sie ein paar Schritte näher kam, um ihn genauer betrachten zu können.

»Ich möchte zum Zigeunerhof«, fuhr er fort, ohne sich von dem forschenden Blick der Frau irritieren zu lassen, und schob den Hut etwas zurück, worauf ihm ein paar schweißfeuchte Haarsträhnen keck in die Stirn fielen. »Bin ich hier richtig?«

Die Alte musterte den fremden Gesellen erst von Kopf bis Fuß, bevor sie ihm antwortete. Von ihrem Gesicht war nicht viel zu sehen, weil sie ein Kopftuch umgebunden hatte. Außerdem war es schon dämmerig.

»Es gibt in Laubers nur zwei Bauern«, sagte sie und wandte sich von ihm ab. »Dies hier ist der Wildgruberhof, ein Stück weiter oben gibt es den Breitingerhof.«

»Man hat mir gesagt, ich soll zum so genannten Zigeunerhof gehen.«

»Wer hat das gesagt?«

»Ein paar Leute im Dorf, die ich gefragt habe, wo ich in der Gegend Arbeit finden könnte.«

Sie wandte sich wieder nach ihm um und war sichtlich überrascht. »Du willst hier arbeiten?«

»Ja.«

Nun wurde sie etwas zugänglicher. »Du kannst ja mal mit dem Bauern reden. Kann schon sein, dass er dich brauchen kann. Um diese Jahreszeit gibt es eine Menge Arbeit. Warte!«

Sie kehrte zur offenen Stalltüre zurück. »Sara!«, rief sie hinein, worauf eine junge Frau heraustrat.

»Der Mann da möchte mit dem Bauern sprechen«, erklärte die Alte. »Bring ihn in die Stube!«

Da das Mädchen vor dem Licht stand, vermochte der Besucher nicht mehr von ihr zu sehen als eine dunkle, schlanke Gestalt. Eine Weile fühlte er ihre Augen neugierig auf sich ruhen, dann ging sie die Mauer entlang auf die Haustüre zu.

Schweigend folgte er ihr. Es war dunkel im Gang und roch nach Heu und Stall. Er blieb stehen, bis aus der Stubentür das Licht fiel. Dann erst trat er über die Schwelle und sah sich einem jungen, schwarzhaarigen Mädchen gegenüber, das ein wenig schüchtern vor seinem Blick die Augen niederschlug. Sie war auf eine überraschend exotische Weise hübsch, mit ihren dunklen Augen und der olivfarbenen Haut. »Ich muss erst nachsehen, wo der Bauer steckt«, sagte sie.

»Bist du die Tochter?«

»Nein.«

»Die Haushälterin?«

»Auch nicht«, war ihre einsilbige Antwort.

»Doch nicht etwa die Bäuerin selbst?«

Er lachte jetzt.

Sie schüttelte nun gleichfalls lachend den Kopf, sagte aber nichts.

»Lass mich ruhig noch eine Weile raten«, sagte er und zwinkerte ihr vergnügt zu. »Ich komme schon noch darauf!«

Aber sie ließ ihm keine Zeit dazu, sondern bot ihm Platz auf der langen Wandbank an und verließ die Stube so hastig, als ob sie vor ihm flüchten wolle.

Der junge Mann legte den Rucksack ab und setzte sich hin. Dann schaute er sich in der geräumigen Bauernstube um. Sie war einfach, aber recht behaglich eingerichtet. Ein Sofa stand hinter dem Kachelofen und ein großer Tisch im Herrgottswinkel, wo die Ranken eines Efeustockes so dicht bis zur Decke hinaufwucherten, dass vom Kruzifix fast nichts mehr zu sehen war. Wände und Decke waren getäfelt, der blank gescheuerte Boden mit Fleckerlteppichen belegt. Zwischen den beiden Fenstern stand ein breiter, schwerer Schrank.

Laut tickte die schwarze Holzuhr an der Wand. Um das Licht surrten und tanzten ein paar dicke Nachtfalter, die zum geöffneten Fenster hereingekommen waren.

Der Besucher horchte in die Stille des Hauses. Es wirkte wie ausgestorben, nur vom Stall her kam manchmal das Stampfen und Scharren der Tiere.

Das schwarzhaarige Mädchen blieb verschwunden. Vielleicht war ihr seine Neugier unangenehm gewesen?

Nach geraumer Zeit hörte er dann irgendwo eine Tür ins Schloss fallen. Kurz darauf betrat der Bauer die Stube, ein älterer Mann, groß und hager, mit einem glatt rasierten Gesicht und buschigen Augenbrauen, die ihm bis in die Augen herabhingen und sein Gesicht düster, ja, fast ein bisschen abschreckend wirken ließen.

Der junge Mann stand auf, grüßte den Herrn des Hauses, der sich als Ambros Wildgruber vorstellte, und ließ sich eine prüfende Begutachtung durch den Bauern gleichmütig gefallen.

»Ich wollte fragen, ob Sie einen Arbeiter brauchen, Bauer«, sagte er schließlich, als ihm das Schweigen zu lang dauerte.

Ambros Wildgruber legte den Hut ab und machte ein paar Schritte durch die Stube. »Hm – wer schickt dich?«

»Eigentlich niemand, ich frage aufs Geratewohl, weil doch jetzt die Sommerarbeit beginnt.«

»Bist du aus dem Kreuztal?«

»Nein. Ich bin zufällig hier durchgekommen. Von der Höhe herab habe ich die Höfe von Laubers liegen sehen.«

Der Bauer zog einen Stuhl unter dem Tisch hervor und ließ sich darauf nieder. »Setz dich!«, sagte er.

Der fremde Mann nahm wieder seinen Platz auf der Bank ein.

»Ich verstehe nur eines nicht, nämlich wie du gerade auf uns gekommen bist«, fuhr der Bauer fort und beäugte den Burschen unter den dichten Brauen hervor eingehend.

»Irgendwo muss man ja anfangen zu fragen. Wenn Sie mich nicht brauchen können, gehe ich weiter zum nächsten Bauern.«

»Wo warst du denn seither?«

»Zuletzt auf einem Gut bei Schwinden«, sagte der Fremde.

»Wo ist das?«

»Im Argental.«

Der Bauer schlug wieder verwundert die Augen auf. »Und da kommst du bis zu uns ins Kreuztal?«

»Ich bin schon eine Zeit lang auf Wanderschaft. Es hat mir nirgends so recht gefallen«, war die freimütige Antwort des Burschen.

Der Bauer lächelte spöttisch. »Und nun meinst du, dass du bei uns im abgelegenen Kreuztal den richtigen Platz findest?«

»Ich möchte es jedenfalls gerne hier versuchen.«

Das Misstrauen des Bauern war damit noch keineswegs besänftigt. »Ich weiß nicht ... ich möchte nicht gerne jemanden einstellen, der vielleicht Grund dazu hat, irgendwo in der Fremde unterzutauchen, weil ihm an seinem alten Wohnort der Boden zu heiß geworden ist.«

»Ach so!«

Der Besucher griff in seine Joppentasche und zog ein gefaltetes Blatt Papier hervor. Er hielt es dem Bauern hin. »Hier! Das Zeugnis meines früheren Arbeitgebers. Ich habe nichts zu verbergen.«

Ambros Wildgruber las das Papier aufmerksam durch. »Ferdinand Faustner heißt du?«

»Jawohl.«

»Von Kaltbrunn. Wo ist das?«

»Im Schwarzwald.«

»Welche Lohnansprüche stellst du?«, fragte der Bauer.

»Soviel, wie hier ortsüblich ist.«

Der Bauer nickte und dachte nach.

Die Uhr tickte laut in das Schweigen.

»Was wäre noch zu sagen?«, fragte der Bauer laut, aber offensichtlich mehr an sich selbst als an sein Gegenüber gerichtet. »Manchmal habe ich schon Mitarbeiter eingestellt, denn das Anwesen ist eigentlich zu groß, um es alleine mit den zwei Frauen zu bewirtschaften. Aber ich habe noch nie jemanden für längere Zeit halten können, alle sind schon nach kurzer Zeit wieder gegangen, aufgehetzt durch allerlei dummes Gerede im Dorf über uns. Es ist keine Bäuerin da; ich bin Junggeselle. Das Hauswesen führt meine Nichte, den Stall versorgt die alte Martha, aber man muss ihr helfen, es sind immerhin achtzehn Stück Vieh zu versorgen.

Ferdinand nickte ihm bereitwillig zu.

»Dann – was ich noch sagen wollte – der Hof gehört eigentlich nicht mir selbst, sondern meinem Bruder.«

»Gestorben?«

»Nein, er ist verschollen.«

»Das verstehe ich nicht. Was meinen Sie mit ‚verschollen'?«

Der Bauer schüttelte unwillig den Kopf. »Er ist nicht auffindbar.«

Ferdinand begriff, dass er nicht weiter fragen durfte. Abermals herrschte Schweigen, das erst durchbrochen wurde, als die Uhr begann, mit blechernen Tönen die volle Stunde zu schlagen.

Erst als der letzte Schlag verklungen war, begann der Bauer wieder zu sprechen. »Es sind unselige Dinge hier geschehen. Ich möchte nicht darüber sprechen, doch natürlich wirst du nach und nach alles erfahren, wenn du mit den Leuten aus dem Dorf zusammenkommst. Man wird dir auch sagen, wie der Name Zigeunerhof aufgekommen ist.

Kurzum, ich glaube nicht, dass du besonders lange bei uns hier bleiben wirst.« Ambros Wildgruber machte eine resigniert wirkende Handbewegung. »Es gibt viel Arbeit bei uns, und wenn man sie alleine tun muss, dauert alles so lange, dass gerade jetzt um diese Jahreszeit viel nachzuholen ist. Es soll mich freuen, wenn du wenigstens ein paar Wochen bei uns bleibst.« Ferdinand nickte, und der Bauer fuhr fort: »Sollte man dich im Dorf kopfscheu machen wollen, dann komm zu mir und frage mich. Ich will dir dann gerne sagen, was gesagt werden kann und darf.« Er stand auf. »Was ist mit dem Essen? Du wirst Hunger haben, wenn du schon so lange auf den Beinen bist.«

Ohne eine Antwort abzuwarten, ging er zur Tür; öffnete sie einen Spalt und rief mit lauter Stimme das Mädchen Sara herbei.

Sie betrat sofort die Stube und wich dem Blick des Fremden geflissentlich aus.

»Wir haben einen neuen Mitarbeiter«, sagte der Bauer zu ihr. »Mache für ihn etwas zu Essen zurecht, und richte die Kammer!«

Sara warf nur einen kurzen und scheuen Blick auf den jungen Mann und ging wieder davon.

Der Bauer wanderte die Stube auf und nieder. »Es wird dir ein bisschen still und einsam vorkommen bei uns, fürchte ich.«

»Daran kann man sich gewöhnen.«

»Zur Kirche gehen wir nach Achgaden. Droben im Wald steht auch eine kleine Hauskapelle. Früher wurde am Florianstag dort eine Messe gelesen.«

»Jetzt nicht mehr?«

»Nein. Es ist alles nicht mehr so wie früher – gerade bei uns.«

Durch die Tür hörte man jetzt das Klirren von Tellern und Besteck.

»Geh jetzt zum Essen!«, sagte der Bauer und hielt ihm die Tür auf.

Ferdinand trat auf den Gang hinaus. Von der Decke, die von schweren, alten Balken getragen wurde, leuchtete eine Lampe. Unter einem kleinen Fenster an der Türecke stand ein großer Tisch. Hier wurde offenbar gegessen.

Darüber hing ein kleines Kruzifix, an das verstaubte Weidenkätzchen gesteckt waren.

In einem Teller, der auf dem Tisch stand, dampfte ein frisch gebackener Eierkuchen.

Ferdinand setzte sich hin und verzehrte mit gesundem Appetit sein Essen. Er horchte auf die Schritte, die droben auf dem Söller waren. Sara bereitete wohl eben seine Kammer.

Über sein Gesicht ging ein zufriedenes, geheimnisvolles Schmunzeln.

Mit Ferdinand Faustner kam ein frischer Wind ins Haus. Wenn er auch das düstere, menschenscheue Klima nicht aufzulockern vermochte, so ließ er sich wenigstens nicht davon anstecken und behielt seinen frischen, jungenhaften Humor.

Bei der Arbeit hielt er, was er versprochen hatte. Mit der Selbstverständlichkeit eines routinierten Maschinenspezialisten kletterte er auf den Traktor, ließ den Motor an und fuhr hinaus auf die Wiesen. Er steuerte das schwerfällige Fahrzeug so geschickt, dass es eine Freude war, ihm zuzuschauen. Er wusste sich auch sogleich zu helfen, als der Motor des Traktors mitten auf der Wiese nach erst halb getaner Arbeit plötzlich zu stottern und zu spucken anfing und schließlich keinen Mucks mehr von sich gab. Ferdinand rückte dem widerspenstigen Arbeitsgerät mit dem Werkzeugkasten zu Leibe, und schon eine halbe Stunde später konnte die Arbeit wieder aufgenommen werden.

»Du bist ja ein richtiger Teufelskerl!«, lobte ihn da der Bauer und strengte sich sogar zu einem wohlwollenden Lächeln an. »Ich glaube, du könntest einen besseren Lohn bekommen, als ich ihn dir geben kann.«

»Wozu?«, meinte Ferdinand lachend. »Für mich reicht mein Verdienst vollkommen aus, Bauer. Was zu viel ist, macht einem nur Sorgen, weil man nicht weiß, was man damit anfangen soll.«

Anfangs gab es auf den benachbarten Fluren, unter den Leuten Breitingers, neugierige Gesichter, als man den neuen Arbeiter des Wildgrubers entdeckte und mit so viel Eifer und Geschick arbeiten sah. Aber Ferdinand grüßte die Leute so freundlich und unbefangen, als wäre er mit ihnen aufgewachsen. Er scherzte mit den jungen Frauen und rief ihnen Neckereien zu, so dass ihnen manchmal die Gesichter unter den breiten Strohhüten rot anliefen.

Natürlich fragte man sich auch bei den Breitingers, wie der Wildgruber plötzlich zu einem solch tüchtigen Mitarbeiter kam, nachdem er jahrelang die Arbeit fast immer alleine gemacht hatte. Aber sie errieten und erfuhren die Umstände ebensowenig wie der Bauer Wildgruber selbst.

Er war einfach da, und soviel man erkennen konnte, gefiel es ihm in dem düsteren Haus. Die Frage war nur, wie lange er es dort aushalten würde.

Es war nicht allein der Mord, dessen sich der Bauer Valentin Wildgruber schuldig gemacht hatte und über den Ferdinand offensichtlich noch nicht Bescheid wusste, sondern auch, dass der Bruder, Ambros Wildgruber, der nun den Hof verwaltete, ein so düsterer, menschenfeindlicher Zeitgenosse war, dass kein Mensch gerne mit ihm zu tun haben wollte.

Als dann einmal bei Breitingers eine Maschine bockte und ewig lang nicht mehr in Gang gebracht werden konnte, sprang Ferdinand kurzerhand über den Zaun und bot seine Hilfe an, und so kam er dank seiner Geschicklichkeit mit den Nachbarsleuten in Kontakt.

So lernte er in kurzer Zeit alle Leute vom Breitingerhof kennen, den langen, hageren Arbeiter Vitus, ein paar junge Frauen, die Verwandte der Bäuerin waren, und den geistig zurückgebliebenen, aber gutmütigen Wenzel, der ihn mit scheuem Lächeln und großen Kinderaugen anstarrte, aber kaum einmal ein Wort sprach.

»Lass dich mal sehen zum Feierabend!«, wurde er bald von Vitus eingeladen.

Die Bäuerin hatte er noch nicht zu Gesicht bekommen. Sie blieb wohl daheim und führte das Hauswesen. Gegen Mittag kam Sara aufs Feld. Sie brachte in einem Tragnapf das Essen, das sie im Schatten eines Vogelbeerbaumes einnahmen, und half dann bei der Arbeit mit bis zum Abend. Sara war wirklich eine ausnehmend schöne junge Frau, doch sie verhielt sich Ferdinand gegenüber immer noch sehr scheu. Dieser hatte längst erkannt, dass das Mädchen eine schreckliche Angst vor dem Bauern hatte, und so achtete er vor allem in dessen Gegenwart sorgfältig darauf, nichts zu tun oder zu sagen, was sie in Verlegenheit hätte bringen können.

Doch er hätte ihr so gern geholfen! Sie schien niemals vom Hof fortzukommen, nur am Sonntag in die Kirche. Sie hatte weder Freundinnen noch sonst eine Bekanntschaft. Offenbar duldete der Bauer es nicht. Wenn sie zum Essen im kühlen Gang um den Tisch saßen, wurde kaum ein Wort gesprochen. Auf diese oder jene Frage gab es nur eine kurze Antwort.

»Was ist denn dieser Wenzel drüben bei Breitingers für ein komischer Kerl?«, fragte Ferdinand eines Tages in das schweigsame Essen.

»Er ist nicht ganz richtig im Kopf«, antwortete Ambros Wildgruber und runzelte die Stirn, als hätte ihn das plötzliche Sprechen aus tiefem Nachdenken herausgerissen.

»Wieso arbeitet so jemand dort auf dem Hof?«

»Er ist der Bruder der Bäuerin.«

»War er schon immer so, oder ist das von einem Unfall oder einer Krankheit gekommen?«

»Als Kind soll er Gehirnhautentzündung gehabt haben.«

Damit schien er alles gesagt zu haben. Der Rest der Mahlzeit wurde wieder in tiefem Schweigen eingenommen.

›Sogar bei einem Leichenschmaus geht es lustiger zu als bei den Mahlzeiten auf dem Wildgruberhof!‹, dachte Ferdinand und schaute Sara ins Gesicht, die sofort den Blick abwandte, als begehe sie ein Verbrechen, wenn sie ihn anschaute.

Am besten kam er noch mit der alten Martha zurecht. Freilich, auch sie war nicht besonders gesprächig, aber nach und nach legte sie doch ihr mürrisches und hölzernes Wesen ab, wenn er in den Stall kam, um ihr zu helfen.

Während sie die Kühe molk, warf er das Futter auf die Raufe und karrte den Mist hinaus. Ab und zu machte er einen Witz, und nachdem er sie das erste Mal zum Lachen gebracht hatte, indem er ein Hühnerei im Mist versteckte und dann behauptete, die Kuh müsse es gelegt haben, taute sie spürbar auf.

2

Am Sonntagmorgen ging man nach Achgaden zur Kirche, dabei wurde darauf geachtet, dass man nicht gerade mit den Leuten vom Breitingerhof zusammenstieß.

Sara ging schweigsam an der Seite des Bauern. Obwohl sie nur ein ganz schlichtes Kleid trug, merkte man schon ihrer Gestalt und ihrem elastischen Gang das Besondere an. Sie war ganz anders als die anderen Bauernmädchen, wie man sie zu Dutzenden in der Kirche sehen konnte. Ferdinand folgte den beiden mit Martha und ließ oft lange kein Auge von der vor ihm herschreitenden Sara.

Weder der Bauer noch Sara bewegten den Kopf, wenn sie droben am Sühnekreuz vorbeikamen. Stand es schon zu lange da, um auf sie noch einen Eindruck zu machen, oder wollten sie nicht hinsehen, um sich nicht immer wieder an jenen unseligen Tag zu erinnern?

»Wie lange bist du denn schon auf dem Hof, Martha?«, fragte Ferdinand, und es klang so gleichgültig, als wollte er nur etwas sagen.

»Schon fast fünfundzwanzig Jahre.«

»Dann hast du noch die früheren Wildgruberleute gekannt?«

Sie nickte. »Saras Eltern, aber auch die alten Bauersleute noch. Der alte Bauer ist gestorben, kurz bevor die beiden geheiratet haben, aber die alte Bäuerin hat noch mehrere Jahre gelebt.«

Sie sprach leise, um von den Voranschreitenden nicht gehört zu werden.

Auch Ferdinand flüsterte, als er jetzt fragte: »Valentin Wildgruber hast du also auch gekannt?«

Sie nickte.

Er wartete vergeblich darauf, dass sie etwas dazu sagte.

»Er soll verschollen sein?«

»Und wird es wohl auch bleiben. Er kann nicht mehr zurück.«

»Aber er ist doch der Eigentümer des Hofes! Ich begreife ohnehin nicht recht, wie ein Bauer zurechtkommen soll, der nicht der Eigentümer des Hofes ist und mit diesem auch keinen Kontakt aufnehmen kann. Was macht unser Bauer zum Beispiel, wenn er seine Steuererklärung einreichen muss? Er bräuchte dazu doch eigentlich die Unterschrift seines Bruders.«

Sie schüttelte den Kopf. »Der Bauer hat eine Vollmacht von ihm bekommen.«

»Ach so! Ja, dann geht es natürlich! Aber dennoch, wenn sein Bruder zurückkommen würde, könnte ihn niemand daran hindern, den Hof von heute auf morgen wieder zur übernehmen, oder?«

Martha schwieg.

»Warum hat er es eigentlich getan, Martha? Den Mord an dem Breitinger meine ich.«

Sie winkte ab. »Davon reden wir hier nicht so gerne. Es war ein Unglück für uns alle!«

Sie schwieg, doch Ferdinand merkte, dass sie gerne mehr gesagt hätte. Er wartete geduldig, ob sie nicht doch fortfahren würde. Und richtig, nach wenigen Minuten sagte sie: »Angefangen hat es mit der Hochzeit.«

»Mit welcher Hochzeit?«, fragte Ferdinand.

»Auf dem Wildgruberhof.«

»Du meinst, als Valentin Wildgruber geheiratet hat?«

»Pst!«, machte sie, als sie bemerkte, dass der Bauer zurückschaute. Aber sie waren inzwischen so weit hinter den beiden anderen zurückgeblieben, dass er nichts von ihrem Gespräch verstehen konnte.

»Du musst es mir erzählen, Martha!«

»Nein.«

Ferdinand hätte gerne noch einmal versucht, sie zum Weiterreden zu bewegen, doch die Voranschreitenden gingen nun etwas langsamer und ließen sich einholen. Die beiden konnten deshalb nicht weitersprechen.

Vom Dorf her erklang jetzt das Geläute. Bald würden sie dort angekommen sein.

Am Nachmittag, als das Gehöft in sonntäglicher Stille lag, saß Ferdinand Faustner am Fenster seiner Kammer und schaute gedankenvoll über die sonnige Landschaft hin. Auf dem Hausanger weideten die Kühe. Kein Mensch war auf den schmalen Fahrstraßen zu erspähen. Es war wirklich eine trostlos einsame Gegend. Wenn man wenigstens etwas vom Dorf gesehen hätte, doch es lag verborgen hinter den Hügeln.

Später hörte er drunten die Haustür. Sara überquerte den Hof in Richtung Straße und bog dann in den Weg ein, der zum Wald hinaufführte. Er konnte ihr seinen Blick folgen lassen, bis sie zwischen den Bäumen verschwand. Vielleicht ging sie hinauf zur Hauskapelle, die da droben im Gehölz stand.

Ob er ihr folgen sollte? Aber da waren die Fenster der Stube zum Hof hinaus. Vielleicht hätte der Bauer ihn dabei gesehen, und das wollte er nicht. Schon wegen Sara selbst, für die das unangenehme Folgen haben konnte.

Wenig später entdeckte er auch Ambros Wildgruber, der ins Freie gekommen war. Er spazierte am Rand eines Kornackers hinauf und besichtigte Wachstum und Blüte auf den Feldern. Langsam bewegte er sich immer weiter vom Haus weg.

Ferdinand verließ nun doch seine Kammer und begab sich auf den hügeligen Anger hinaus. In der Umzäunung graste das Jungvieh. Im Schatten eines Baumes saß die alte Martha auf der trockenen, weichen Erde und strickte.

Er ging auf sie zu und setzte sich zu ihr.

»Ein lustiger Sonntag ist das!«, seufzte er.

»Warum?«

»Man sollte wenigstens eine Leiche im Haus haben, dann wüsste man, warum man trauert!«

Sie schaute ihn verblüfft an. »Trauern? Wer trauert denn? Das ist immer so bei uns. Wenn es dir hier zu langweilig ist, musst du ins Dorf gehen, dort spielen die Männer im Wirtshaus Karten, und es treffen sich die Schützen zum Üben. Für die Jungen ist auch eine Kegelbahn da. Oder du kannst zum Fußballplatz gehen, da wird sonntags oft gespielt.«

»Das ist eigentlich eine gute Idee, Martha! Vielleicht befolge ich deinen Rat. Aber heute noch nicht.«

Sie schaute auf ihr Strickzeug und ließ die Nadeln klappern.

Ein junger Stier kam heran, blieb vor ihnen stehen und glotzte sie an.

Ferdinand legte sich flach auf die Erde und schaute in das flimmernde Blau des Himmels.

»Erzähl mir doch etwas, Martha!«, sagte er plötzlich.

»Ich? – Was soll ich denn erzählen?«

»Etwas von der Hochzeit auf dem Wildgruberhof. Du hast sie ja miterlebt!«

Die alte Magd tat einen lauten und schweren Atemzug. »Warum interessiert dich das?«

»Warum? Du weißt doch, was man nicht wissen soll, interessiert einen am meisten.«

»Wer sagt denn, dass du es nicht wissen sollst?«

»Warum tust du dann so geheimnisvoll?«, stichelte er.

»Man spricht nicht gern über solche Geschichten, und der Bauer will es nicht haben, schon wegen unserer Sara, die nicht alles zu erfahren braucht.«

»Das wird sich kaum verhindern lassen. Jeder Mensch will wissen, wer seine Eltern waren und was mit ihnen geschehen ist. Sara wird auch zuweilen nach ihren Eltern fragen. Oder nicht?«

»Was soll sie da fragen? Sie weiß, dass die Mutter gestorben und der Vater verschollen ist.«

»Dann muss sie wohl auch wissen, dass ihr Vater den Bauern Breitinger erschlagen hat!«

»Das weiß hier jeder.«

»Weiß man auch, warum er es getan hat?«

Die Alte zögerte, sie nadelte jetzt noch eifriger als vorher. »Wegen seiner jungen Bäuerin«, sagte sie schließlich.

»Aha! Das ist doch wenigstens ein Grund!«

Ferdinand stützte sich auf den Ellenbogen, zog einen Halm aus der Erde und stocherte damit an seinem Kinn herum. »War sie schön?«

Martha schnaubte verächtlich. »Schön? Natürlich war sie schön. Sie sah fast so aus wie Sara, schwarzhaarig, dunkelhäutig ...«

»Und sie hat dem Breitinger besser gefallen, als es erlaubt ist?«

Sie hörte mit dem Stricken auf und starrte ihn verblüfft an.

»Jetzt hast du mich schon neugierig gemacht, Martha. Oder meinst du, dass irgend ein Unheil entstehen könnte, wenn du mir die Geschichte erzählst? Davonlaufen werde ich jedenfalls nicht, und dem Bauern verraten, dass du davon gesprochen hast, auch nicht. Erzähl mir doch einfach, was du weißt, dann versuche ich nicht, es mir selbst zusammenzureimen, und denke mir dabei womöglich etwas ganz Falsches aus!«

Martha seufzte, doch dann nickte sie und begann: »Der Valentin war ja der ältere der beiden Brüder, und er sollte den Hof erben. Doch in seiner Jugend hat er seinen Eltern viel Kummer gemacht, obwohl er auf dem Hof eigentlich tüchtig war. Er hat zu viel getrunken und sich dauernd mit irgendwem gerauft. Sogar die Polizei war manchmal bei uns, wenn er wieder einmal Ärger gemacht hat. Natürlich gab es deshalb dauernd Streit auf dem Hof.

Nach einer dieser Streitigkeiten mit seinem Vater ist er dann kurzerhand davongelaufen, und wir haben wochenlang nichts mehr von ihm gehört, obwohl der Bauer ihn schließlich sogar als vermisst gemeldet hat. Der Ambros hat wohl gemeint, dass sein Bruder nicht mehr kommen und der Hof nun ihm zufallen würde.

Eines Tages aber kam er ganz unerwartet wieder. Doch er war nicht allein; er brachte eine junge Frau mit, eine Zigeunerin, mit deren Familie er anscheinend die ganze Zeit durch die Gegend gezogen war. Diese Leute haben mal da, mal dort ihr Lager aufgeschlagen und Körbe verkauft, Messer geschliffen, und solche Sachen eben.

Der Bauer war wütend und wollte die Fremde nicht ins Haus aufnehmen. Aber Valentin erklärte, dass er Sara, so hieß die Fremde, heiraten werde und sie mit dem Respekt, den seine künftige Ehefrau verdient habe, zu behandeln sei. Ihre Familie hätte ihn im Übrigen auch nicht danach gefragt, wer er sei und was er könne, sondern ihn bereitwillig aufgenommen.«

Die alte Frau ließ das Strickzeug sinken und schaute vor sich hin. Sie gab sich der Erinnerung hin.

»Und dann hat dieser Valentin Wildgruber die Fremde geheiratet?«, fragte Ferdinand, um sie zum Weiterreden zu bringen. »Zigeunerin mag ich nicht sagen, denn das ist für Sinti- und Romafamilien, wie sie sich selbst ja nennen, ein Schimpfwort.«

Martha zuckte die Schultern. »Schimpfwort oder nicht, hier hat jeder sie eine Zigeunerin genannt. Ja, er hat sie dann geheiratet. Der Bauer willigte schließlich ein, denn die junge Frau war schwanger, und da musste er doch einsehen, dass Valentin sie unter diesen Umständen nicht einfach sitzen lassen konnte. Doch das Aufgebot war gerade erst bestellt, als der alte Bauer einen Herzinfarkt bekam. Da war nichts mehr zu machen, er ist gestorben, noch ehe der Arzt hier eingetroffen ist.

Die Bäuerin klagte Valentin an, dass er schuld am Tod seines Vaters sei, denn nur durch die Aufregung und den Streit sei es zu diesem Herzinfarkt gekommen. Der alte Bauer hatte seine Zustimmung zu dieser Hochzeit nur sehr ungern gegeben. Er hatte sich viele Gedanken gemacht, was die Leute im Dorf wohl zu dieser Eheschließung sagen würden, und dachte, eine Frau wie sie würde nicht auf einen Bauernhof passen.

Mag sein, dass er sein Testament noch geändert und Ambros zum Hoferben bestimmt hätte, wenn ihm mehr Zeit geblieben wäre. Doch das bestehende Testament des alten Bauern bestimmte Valentin zum Erben des Hofes. Die Bäuerin und Ambros konnten nichts dagegen tun, sie wehrten sich nur, indem sie dem jungen Paar die kalte Schulter zeigten. Sie gingen nicht einmal bei der Trauung mit zur Kirche.

Aber ich war dort, denn Valentin war doch jetzt mein Bauer und die Zigeunerin meine Bäuerin. Die Leute im Dorf schauten zu den Fenstern heraus, als wir an den Häusern vorbei zur Kirche gingen. Doch bloß ein paar neugierige Weiber wohnten der Trauung bei, und der Pfarrer hat alles so schnell und einfach gemacht wie sonst wohl nie.

Keine Glocke wurde geläutet, kein Böllerschuss krachte, es gab kein Essen beim Wirt. Natürlich lag das auch daran, dass die Familie noch in Trauer um den alten Bauern war, aber die Leute aus dem Dorf wollten Valentin auch zeigen, dass sie seine Eheschließung nicht billigten.

Still, wie wir gekommen waren, kehrten wir wieder heim nach Laubers. Drüben am Hofrain Breitingers stand Wenzel und gaffte uns entgegen, bis der Bauer Breitinger aus dem Haus kam und ihn mit Schlägen ins Haus zurücktrieb.

Das war die Hochzeit vom Wildgruberhof ...«

»Und dann?«, fragte Ferdinand weiter.

Nach einigem Schweigen fuhr die alte Martha mit ihrer Erzählung fort. Aber sie sprach jetzt noch leiser, als fürchtete sie sich vor ihren eigenen Worten.

»Die alte Bäuerin ging dann in den Austrag, aber sie ließ weiter keinen Zweifel daran, dass sie die junge, fremde Frau hasste. Wenn sie auch im Haus nichts mehr auszurichten vermochte, so brachte sie doch mit ihrem ständigen Gerede die Leute im Dorf gegen das junge Paar auf. Man wandte sich überall von ihnen ab und schloss sie aus der Dorfgemeinschaft aus. Und als dann das Kind zur Welt kam, wurde gespöttelt und gehöhnt über das Sechsmonatskind. Es kam so weit, dass der Bauer nicht einmal mehr am Sonntag in die Kirche ging, nur um die spöttischen Gesichter nicht mehr zu sehen und keine dummen Bemerkungen mehr anhören zu müssen.

Irgendjemand brachte dann den Namen ›Zigeunerhof‹ auf, und bald hörte man nichts anderes mehr, wenn vom Wildgruberhof die Rede war.«

»Wie verhielt sich dazu Ambros Wildgruber?«

»Er blieb auf dem Hof und arbeitete mit, aber er redete nicht mehr mit seinem Bruder. Dabei waren die beiden früher ein Herz und eine Seele gewesen. Ambros war sicher, dass die Frau seinen Bruder verführt hatte, um ihn zur Ehe zu zwingen. Und er war wütend, dass Valentin trotz allem, was er den Eltern angetan hatte, und trotz seiner Heirat mit einer so unpassenden Frau nun der Bauer war. Doch eine schlechte Bäuerin war sie nicht, die Zigeunerin, trotz ihrer Herkunft. Sie hat hart gearbeitet, und sie hat sich nie über die schlechte Behandlung durch ihre Schwiegermutter beklagt oder über das feindselige Schweigen, das ihr entgegenschlug, wenn sie im Dorf etwas zu erledigen hatte. Valentin hat sie sehr geliebt, und er selbst war völlig umgewandelt von dem Tag an, als er mit ihr nach Hause gekommen war. Er trieb sich nicht mehr herum, er betrank sich nicht mehr, und seltsamerweise fing er auch mit niemandem mehr Streit an, obwohl er noch nie so viel Grund dazu gehabt hätte wie gerade in dieser Zeit. Doch dann kam die Sache mit dem Breitinger.«

Die Alte schwieg wieder.

»Was war denn dieser Breitinger eigentlich für ein Mensch, Martha?«, versuchte Ferdinand sie erneut aus der Reserve zu locken.

»Ein ganz brutaler Kerl war das! Doch er war damals im Gemeinderat, wo er das große Wort führte, und er hatte das ganze Dorf hinter sich. Man sagt, dass er, als er in den Hof einheiratete, kein einziges ungeflicktes Hemd besessen haben soll. Aber wenn der Bettelmann aufs Ross kommt, vermag ihn der Teufel selbst nicht mehr einzuholen.

Nach allem, was man so hörte, obwohl seine Leute ja kaum darüber zu sprechen wagten, war er ein richtiger Haustyrann, grob zu seiner Frau und seinen Kindern, und am schlimmsten erging es dem armen Wenzel, auf den er bei jeder Gelegenheit einschlug wie auf ein Tier. Er wollte ihn loshaben und hätte ihn am liebsten in eine Anstalt gesteckt, wenn er nicht die Kosten hierfür gescheut hätte.

Er verbreitete das Gerücht, dass der Wenzel gemeingefährlich sei und eine Gefahr für jede Frau, die ihm allein auf freiem Feld begegne. Aber das glaube ich nicht. Ich bin ihm oft begegnet, wenn wir die Milch zur Molkerei karrten. Er hat mir nie etwas getan und immer einen ganz harmlosen Eindruck gemacht. Das war nur eine Erfindung vom Breitinger, um ihn loszuwerden, und zwar so, dass aus öffentlichen Mitteln die Anstaltskosten bezahlt würden.

Es kam dann aber nicht mehr dazu, dass er sein Ziel erreichte, denn eines Morgens fand man den Breitinger da droben, wo das Sühnekreuz steht, tot auf. Er war erschlagen worden.«

»Von dem Bauern Valentin Wildgruber.«

Die alte Frau nickte.

»Du hast mir immer noch nicht gesagt, warum dein früherer Bauer diese schreckliche Tat begangen hat, Martha. Wegen dem Spott und der Verachtung allein kann er es ja kaum getan haben. Da hätte er ja das ganze Dorf erschlagen müssen!«

»Der Breitinger hat unserer Bäuerin nachgestellt, und zwar auf eine ganz hinterhältige Art.

Eines Tages, da waren die beiden schon ein paar Jahre verheiratet, stand der Breitinger plötzlich bei uns vor der Tür und streckte unserem Bauern versöhnlich die Hand hin. Er sagte, so könne und müsse es nicht weitergehen. Er wolle seinen ganzen Einfluss ausüben, dass zwischen dem Wildgruberhof und dem Dorf wieder ein friedliches Einvernehmen hergestellt werden könne. So hat es angefangen.

Der Breitinger kam dann immer ein paarmal in der Woche zu uns, und manchmal war bei seinen Besuchen der Bauer selbst nicht da. Die Bäuerin wollte ihn nicht verprellen, denn sie dachte ja, dass er ihnen dabei helfen wolle, mit dem Dorf wieder ein besseres Verhältnis zu erlangen. Bei solchen

Gelegenheiten muss er dann schon bald das erste Mal zudringlich geworden sein, jedenfalls hat die Bäuerin dann auf einmal damit angefangen, ich müsse unbedingt bei ihr in der Stube bleiben, wenn der Bauer gerade auswärts sei.«

»Um zu verhindern, dass sie mit ihm alleine bleiben musste?«

»Das habe ich damals nicht begriffen, erst nach dem Unglück wurde es mir klar. Oh, sie war schön, die Bäuerin! Genauso wie unsere Sara heute ist, nur ihr Gesicht war etwas dunkler.

Doch ich konnte ihr schließlich nicht wie ein Hund auf Schritt und Tritt hinterherlaufen, und so geschah es dann schließlich doch. Im Frühjahr war es, man konnte schon das Vieh austreiben. Der Bauer und Ambros waren an dem Tag im Achtal, um das Wiesenheu zu düngen.

Draußen fing es gerade an zu dunkeln, ich war im Stall, und die Bäuerin wollte dorthin nachkommen, sie wollte zuvor nur rasch die Wäsche von der Leine holen, denn es waren dicke Wolken aufgezogen, und es sah so aus, als würde es bald Regen geben.

Ich habe mich gewundert, dass sie so lange ausblieb, und dann irgendwann angefangen, nach ihr zu rufen. Als ich keine Antwort bekam, bin ich hinausgegangen und da sah ich, dass ein Teil der Wäsche immer noch aufgehängt war. Der Rest lag bereits in einem Korb.

Von der Bäuerin fehlte jede Spur.

Ich habe einen ziemlichen Schrecken bekommen und nach ihr gesucht und laut gerufen. Und da kam sie auf einmal aus dem Wald gewankt, mit zerrissenen, schmutzigen Kleidern, und weinte herzzerbrechend. Zuerst war kein Wort aus ihr herauszubringen, und als sie dann zu sprechen begann, redete sie in ihrer fremden Sprache. Ich verstand kein Wort, aber es klang unheimlich.

Ich führte sie schließlich ins Haus zurück, und sie kauerte sich auf dem Sofa zusammen, ohne ein Wort zu reden oder auch nur eine Berührung zu dulden. Sie gab mir auf keine Frage eine Antwort und starrte nur vor sich hin.

Als der Bauer endlich zusammen mit Ambros nach Hause kam, wusste ich nicht, ob ich nun erleichtert sein sollte oder mich nun erst recht fürchten musste. Der Bauer nahm sich seiner Frau an und schickte mich weg, um mit ihr alleine reden zu können.

Ich kümmerte mich also um das arme Kind, das gar nicht begreifen konnte, was mit seiner Mutter los war, gab ihm etwas zu essen und brachte es dann ins Bett. Auch ich selbst suchte dann früh mein Bett auf, konnte aber lange nicht einschlafen. Dann ging drunten die Tür. Ich eilte ans Fenster und sah den Bauern im nun einsetzenden Regen über den Hof in Richtung Straße gehen. Mir fiel die Wäsche wieder ein, die ich in der Aufregung völlig vergessen hatte und die immer noch im Freien war, aber dann sah ich ein, dass es ohnehin zu spät war, um sie noch ins Haus zu bringen. Es kam mir auch so bedeutungslos vor nach dem, was sich abgespielt hatte.

Im Haus blieb alles still, aber draußen pfiff ein ziemlicher Wind, und der Regen wurde stärker. Ich muss irgendwann schließlich doch noch eingeschlafen sein, denn ich erwachte davon, dass jemand mich rüttelte. In meiner Kammer brannte das Licht, und vor mir stand der Bauer. Aber wie er aussah! In nassen, zerknüllten Kleidern, ohne Hut, die Haare zerrauft, seine Augen blickten wie die eines Irrsinnigen.

›Wo ist die Bäuerin?‹, fragte er.

Die Bäuerin? Sie war in der Stube gewesen, als ich ins Bett gegangen war. Ich wusste von nichts und sah ihn nur hilflos an.

Ohne ein Wort zu sagen, lief der Bauer davon und verließ abermals das Haus. Ich stand auf und suchte im ganzen Haus nach der Bäuerin, doch sie war nicht zu finden. Ich wusste mir nun nicht mehr anders zu helfen, als den Ambros zu wecken. Ich fürchtete mich sehr.

Wir setzten uns in die Stube, und ich erzählte ihm, was ich wusste. Er sagte nichts darauf, sondern schaute nur finster vor sich nieder. Er hatte die Bäuerin nun einmal von der ersten Stunde an nicht leiden können, so sehr sie sich auch Mühe gab, sich seine Achtung zu verdienen.

Wir warteten gemeinsam, aber es kam niemand zurück, weder der Bauer noch die Bäuerin.

Als es zu tagen begann, entschloss sich Ambros, draußen nach ihr zu suchen. Ich blieb daheim, denn irgendjemand musste ja bei dem Kind bleiben. Nach mehr als einer Stunde kam Ambros in Begleitung eines Polizisten zurück. Sie stützten die Bäuerin, die mehr tot als lebendig schien und wie eine Schlafwandlerin wirkte. Ambros hatte sie vor der Waldkapelle gefunden, in durchnässter Kleidung war sie auf der Schwelle gelegen, zusammengebrochen und ohnmächtig. Was mochte sie dazu veranlasst haben, mitten in der Nacht dort hinzulaufen?

Ambros hatte sie mit viel Mühe zum Haus zu schaffen versucht, und unterwegs hatte er den Polizisten getroffen. Dieser war auf dem Weg zu unserem Haus gewesen. Er teilte uns in knappen Sätzen mit, dass der Bauer Wildgruber sich in den frühen Morgenstunden als Täter im Mordfall Breitinger gestellt habe.

Und jetzt erfuhren wir erst, dass der Breitinger in derselben Nacht im Eichgraben erschlagen worden war.

Der Bauer hatte am Abend zuvor so lange auf die Bäuerin eingeredet, bis er erfahren hatte, dass der Breitinger sie, als sie gerade dabei war, die Wäsche abzuhängen, überfallen und in den Wald gezerrt hatte. Daraufhin war er sofort in das Dorf geeilt, wo gerade eine Gemeinderatssitzung im Gange war, hatte sich in das Gemeindehaus begeben und Breitinger vor dem versammelten Gemeinderat zur Rede gestellt und ihn der Gewalttat an seiner Frau bezichtigt.

Es kam zu einem Tumult, im Verlauf dessen er von der eilig herbeigerufenen Polizei mitgenommen wurde. Er wollte dort auf der Stelle Anzeige gegen den Breitinger erstatten, doch da er sich wie ein Verrückter aufgeführt hatte und Breitinger hohes Ansehen genoss, nahm niemand seine Vorwürfe so richtig ernst.

Da muss er beschlossen haben, das Recht in die eigene Hand zu nehmen. Im Eichgraben hat er dem Breitinger aufgelauert und ihn totgeschlagen, als dieser auf dem Heimweg dort vorbeikam.

Der Bauer wurde dann zu acht Jahren Gefängnis verurteilt; man billigte ihm mildernde Umstände zu, deshalb erhielt er nicht ›lebenslänglich‹.«

Ferdinand nickte und kaute an einem Halm. »Was ist aus der Bäuerin geworden?«

»Die Nacht im eiskalten strömenden Regen hatte sie erschöpft, aber das allein hätte nicht ihren Tod verursachen können. Doch am Tag danach fanden wir sie morgens bewusstlos in einer Blutlache vor. Sie hatte in der Nacht eine Fehlgeburt gehabt. Niemand hatte es bis zu diesem Zeitpunkt gewusst, aber sie war schwanger gewesen, im dritten Monat. Sie hat noch gelebt, als ich sie gefunden habe, doch als der Krankenwagen endlich gekommen war, konnte man nichts mehr für sie tun.«

»Und vom Valentin Wildgruber hat man nie mehr etwas gehört? Er hat seine Strafe doch längst abgesessen.«

»Der Bauer hat ihn nie im Gefängnis besucht. Dafür saß sein Groll wohl zu tief. Aber einmal, als die Gefängnisstrafe gerade seit ein paar Wochen abgelaufen war, hat er nach ihm forschen lassen, weil Valentin selbst sich nicht bei uns gemeldet hat. Doch es war nichts über seinen Aufenthaltsort herauszubekommen. Vielleicht ist er ja ins Ausland ausgewandert.«

»Und sein Kind hat er einfach im Stich gelassen?«

»Das habe ich auch nie verstehen können«, sagte die Alte. »Aber bitte, behalte unbedingt für dich, was ich dir erzählt habe.«

»Du kannst dich auf mich verlassen, Martha!«, versicherte Ferdinand und versank in neue Grübeleien. »Weißt du noch den Tag, an dem das geschehen ist, Martha?«

»Freilich! Wie könnte man so etwas vergessen!« Sie nannte ein Datum. »Das war vor siebzehn Jahren. Heute ist unsere Sara ein erwachsenes Mädchen.«

»Was wird denn aus dem Hof werden, wenn der Eigentümer nicht aufzufinden ist? Eine Vollmacht ist schön und recht, aber damit kann man den Hof doch niemandem überschreiben. Sara kann also nicht Bäuerin werden, oder doch?«

»Ja, das wird schon ein Problem werden, wenn es einmal so weit ist. Was da zu machen ist, das weiß ich auch nicht. Doch eines steht fest: Der Bauer lässt Sara nicht heiraten, solange er am Leben ist. Er ist immer noch der Meinung, ihre Mutter hätte die ganze Familie ins Unglück gebracht. Sie hat es nicht schön, die Sara, aber ich helfe ihr, wo ich kann.«

Als Ferdinand später durch die Gegend schlenderte, wirkte er sehr nachdenklich und in sich gekehrt. War das nicht seltsam, dass Valentin Wildgruber an jenem Abend aus dem Haus gegangen war, um seine Frau zu suchen? Und doch schien niemand sich gefragt zu haben, aus welchem Grund diese das Haus eigentlich verlassen hatte. Wenn nun sie den Mord begangen hatte und ihr Mann sich selbst nur bezichtigt hatte, um sie zu schützen?

3

Das Wetter war beim Einbringen des Heus ein wichtiger Helfer gewesen, denn es gab die ganze Zeit nur Sonnenschein. Ferdinand Faustner, der oft schon draußen bei der Arbeit stand, wenn das Licht hinter dem Gebirge hervorbrach, und der noch auf den Beinen war, wenn die ersten Nachtschatten auf das Tal fielen, war aber der Hauptgrund dafür, dass auf dem Wildgruberhof längst das letzte Fuder eingefahren war, als man beim Breitinger noch gar nicht absehen konnte, wann die Arbeit abgeschlossen sein würde.

Kaum war man auch dort fertig geworden, änderte sich das Wetter, es wurde unangenehm schwül, und bald darauf entlud sich die Spannung in der Luft in einem schweren Gewitter. Danach fiel ein paar Tage lang ein ruhiger Regen, der den Bauern willkommen war, denn er förderte das neue Wachstum auf den abgeernteten Wiesen. Ferdinand fuhr in dieser Zeit hinaus und düngte die feuchte Erde. Es war eine Arbeit, bei der man sich Zeit lassen konnte, eine Verschnaufpause der Bauern, bis das Korn auf den Feldern herangereift war.

Sooft er zum Hof hinaus- oder hereinfuhr, suchte er mit den Augen alle Fenster und Tore des Hauses ab, ob er nicht irgendwo den schwarzhaarigen Kopf Saras erspähen konnte.

Oh, wenn der Bauer geahnt hätte, wie hoffnungslos er sich inzwischen in dieses Mädchen verliebt hatte, so dass er Tag und Nacht nur an sie dachte, er hätte ihm nicht so freundlich zugenickt, wenn sie sich begegneten.

Aber auch Sara selbst ahnte nichts davon, sonst hätte sie ihn nicht bei jeder Begegnung so arglos immer noch ein wenig scheu, aber dafür unwiderstehlich liebreizend angelächelt. Ob er ihr wohl auch gefiel, wenigstens ein kleines bisschen? Manchmal glaubte er es, wenn sie ihm einmal mit ihren dunklen, wunderschönen Augen einen Blick nachschickte, dann aber zweifelte er wieder daran, wenn sie achtlos an ihm vorbeiging, als wäre er gar nicht da.

An einem Abend, als er auf der Hausbank unter dem Vordach saß und noch ein wenig in die Landschaft schaute, wurde er vom Bauern in die Stube gerufen.

»Ich möchte dir bloß sagen, dass ich mit dir sehr zufrieden bin«, begann Ambros Wildgruber und deutete auf einen Stuhl neben sich, auf dem Ferdinand Platz nehmen sollte. »Du leistest gute Arbeit, und du sollst nicht glauben, dass ich das nicht honoriere. Ich werde dir ab dem nächsten Ersten einen höheren Lohn zahlen. Das ist das Mindeste, was ich tun muss, denn eine so tüchtige Kraft wie dich möchte ich natürlich so lange wie möglich auf dem Hof halten.«

Der Bauer blickte ihm eine Weile forschend ins Gesicht. »Ich kann deinen früheren Arbeitgeber nicht verstehen, dass er einen Kerl wie dich hat gehen lassen. Was war dort nicht in Ordnung, dass du gegangen bist? Hat er dir zu wenig Lohn bezahlt?«

»Nein, das nicht, es hat mir dort einfach nicht mehr gefallen. Auf einem großen Gut arbeiten eine

Menge Leute, und der Verwalter kann es sich nicht leisten, groß danach zu fragen, ob einer Unfrieden ist Haus bringen könnte oder nicht. Er schaut bloß darauf, wie er seine Arbeit tut. Und dann kann es passieren, dass die anderen, die schon länger dort arbeiten, auf einmal Kollegen bekommen, mit denen nicht auszukommen ist.«

Der Bauer nickte verständnisvoll. »Ja, ja.«

»Ich bin noch jung, und ich dachte, es könnte bestimmt nicht schaden, mich einmal woanders umzusehen.«

»Das ist verständlich. Es ist bei uns aber sicher ein bisschen langweilig für einen jungen Kerl wie dich. Ich möchte nicht, dass du glaubst, ich hätte etwas dagegen, wenn du im Dorf ein bisschen Anschluss und Unterhaltung suchst, nur weil ich selbst mich vom Dorf möglichst fernhalte. Bloß muss ich dich zuvor vielleicht doch einmal aufklären über die Zustände bei uns. Es wird nämlich allerhand über uns gesprochen im Ort. Vielleicht denkst du dann, dass du bei so verschrienen Leuten wie uns nicht länger bleiben willst.«

»Das glaube ich kaum, Bauer. Ich habe ja keinen Grund zur Klage. Aber wenn ich ein paar Tage Urlaub haben könnte, Bauer, würde ich gerne darum bitten. Ich habe nämlich meine Sachen bei einem früheren Arbeitskameraden gelassen, der bereit war, sie aufzubewahren, bis ich einen Platz gefunden habe, wo ich länger bleiben will.«

»Natürlich kannst du fahren. Jetzt ist ja die ruhige Zeit, bevor es wieder losgeht mit der Getreideernte.«

»Danke schön!«

Ferdinand wollte gehen.

»Bleib noch! Ich möchte dir noch etwas anderes sagen. Ich weiß nicht, was man dir schon alles erzählt hat von dem Unglück, das damals über uns gekommen ist durch die unselige Zigeunerin.«

Ferdinand schwieg.

Der Bauer stand auf, ging zum Fenster und schaute hinaus.

Es wurde allmählich dunkel in der Stube, aber es wurde kein Licht gemacht. Leise rauschte und gluckste draußen der Regen.

»Ich kann mich noch gut erinnern, wie der Breitinger drüben bei unserem Nachbarn eingeheiratet hat«, begann Ambros Wildgruber, immer noch dem Fenster zugewandt und der Stube den Rücken zukehrend. »Es gab eine große Hochzeit mit viel Tamtam, aber die Ehe war schlecht, wie das ja vorkommen kann. Er war einer von denen, der den Hof geheiratet und die Frau als Dreingabe genommen hat. Dann war noch der Wenzel da, um den er sich bei der Hofübergabe zu kümmern verpflichtet hat. Doch auf einmal verlangte er, der arme Teufel solle in eine Anstalt kommen. Die Breitingerin nahm ihren armen Bruder in Schutz, und so kam es oft zu bösen Streitigkeiten. Sie ist mit ihren beiden kleinen Kindern manchmal mitten in der Nacht zu uns ins Haus geflohen, wenn ihr Mann gerade einmal wieder in seinem Jähzorn alles kurz und klein geschlagen hat.

Als man den Breitinger droben im Eichgraben tot auffand, sind seine Leute wohl recht erschrocken, aber die Trauer kann nicht groß gewesen sein, denn sie haben es heute schöner als damals. Aber der Breitinger hatte es verstanden, sich im Dorf in großes Ansehen zu setzen. Er war im Gemeinde-

und Kirchenrat und galt als ein frommer Mann, dem man allerlei Ehrenämter zuschanzte. Es wurde bald nichts mehr in der Gemeinde unternommen, ohne seinen Rat einzuholen.«

Er drehte sich jetzt herum, lehnte sich ans Fensterbrett an und schaute in die Stube. Schwarz stand seine Gestalt im verlöschenden Licht. »Bei meinem Bruder war das anders«, erklang es höhnisch. »Da war die Hochzeit wie die eines Bettlers! Ich will aber nicht abstreiten, dass die Ehe dafür glücklicher war, wenigstens taten sie so verliebt miteinander wie die Turteltauben!«

Er lachte bitter und spöttisch vor sich hin.

»Aber man heiratet als Bauer von Laubers einfach keine dahergelaufene Zigeunerin. Die Eltern waren entsetzt, doch die Frau war schwanger, und da mussten sie einsehen, dass es immer noch besser war, wenn er sie heiratete als sie in Schande sitzenzulassen. Doch der Vater regte sich so darüber auf, dass er noch vor der Hochzeit einen Herzinfarkt bekommen hat, und daran ist er dann auch gestorben.

Natürlich gab es im ganzen Dorf ein furchtbares Getratsche über ein so unpassendes Paar. Schön war sie aber schon, die Zigeunerin, die Sara sieht ihr sehr ähnlich, damit du es dir vorstellen kannst. Und so hat der Breitinger, der daheim ja in ständigem Unfrieden mit seiner Frau lebte, ein Auge auf sie geworfen. Und da er sie anders nicht bekommen konnte, hat er ihr eines Tages Gewalt angetan. Mein Bruder hat ihn dafür erschlagen.«

Er kam langsam näher an den Tisch zurück. »So – jetzt weißt du, was bei uns geschehen ist, falls du einmal mit Leuten in Berührung kommst, die dir von der Geschichte erzählen. Mein Bruder kam ins Gefängnis und ist spurlos verschwunden. Vielleicht lebt er gar nicht mehr und liegt irgendwo in fremder Erde begraben.«

»Hat man nie nach ihm geforscht?«

»Ja, aber das ist schon Jahre her«, sagte der Bauer. »Niemand konnte damals herausfinden, wohin er nach seiner Entlassung aus dem Gefängnis gegangen ist. Dort hatte er als künftige Wohnadresse unseren Hof angegeben. Er hat weder vom Gefängnis aus noch später jemals von sich hören lassen.«

»Aber haben Sie ihn denn nie im Gefängnis besucht?«

Der Bauer schaute zu Boden und hob dann langsam den Kopf. Seine Stirn war gefurcht. »Nein, das habe ich nicht!«

Ferdinand begriff, dass er zu diesem Punkt besser keine weiteren Fragen stellten sollte. So fuhr er mit einem anderen Thema fort: »Und wenn er selbst überhaupt nicht der Täter gewesen ist?«

»Wer soll es denn getan haben?«

»Seine Frau. Vielleicht hat sie ihre Ehre selbst rächen wollen. Falls Ihr Bruder sie schützen wollte, konnte er das nur, indem er selbst die Schuld auf sich nahm.«

Ambros Wildgruber schüttelte den Kopf. »Das wäre schon möglich, aber hätte die Polizei das bei ihrer Untersuchung nicht herausgefunden?«

»Wer weiß, ob da noch viel untersucht worden ist, wenn man ein Geständnis vorliegen hatte. Weiß man denn, womit der Breitinger erschlagen wurde?«

»Es hat geheißen, dass es mit einem schweren eisernen, stumpfen Gegenstand geschehen ist. Aber dieser ist nie gefunden worden.«

Ferdinand nickte versonnen und schwieg nachdenklich.

»Wann fährst du?«, fragte der Bauer dann, um das Thema, das ihm sichtlich wenig behagte, endlich abschließen zu können.

»Wenn es geht, gerne schon morgen.«

Der Bauer nickte. »Komm gut zurück!«

»Wenn alles gut geht, bin ich in spätestens zwei Tagen wieder da.«

»Auch wenn es drei werden sollten, ist das schon in Ordnung. Auf einen Tag mehr oder weniger kommt es im Moment nicht an. Gute Nacht!«

»Gute Nacht, Bauer!«

Ferdinand ging noch hinaus vor die Tür. In der Stube wurde jetzt das Licht angemacht. Matt fiel der Schein zu den Fenstern heraus in die einbrechende Nacht.

Leise rauschte der Regen.

Auch in der Küche sah er jetzt Licht. Sara räumte wohl eben noch auf, und dann ging sie hinauf in ihre Kammer.

Wenn er bloß einmal Gelegenheit hätte, mit ihr zu sprechen, ohne dass jemand dabeistand oder dabeisaß! Er musste sich doch einmal hinter die alte Martha stecken. Aber konnte er ihr trauen? Vielleicht lief sie dann sofort zum Bauern, um ihm davon zu berichten.

Er stand noch da, als das Licht in der Küche erlosch.

›Arme Sara!‹, dachte er. Er schaute hinüber zum dunklen Gehöft Breitingers. Schuld an dem damaligen Unglück war der Breitinger gewesen, und noch heute mussten unschuldige Menschen unter den Folgen seiner Untat leiden ...

Als er am folgenden Morgen früh aufstand und vor die Tür trat, begegnete ihm draußen der Bauer.

»Du brauchst jetzt nichts mehr zu tun«, sagte dieser zu ihm. »In einer Stunde fährt im Dorf der Bus in die Stadt ab. Du kannst ihn noch erreichen, wenn du dir mit dem Frühstück nicht allzu viel Zeit lässt. Sara soll dir ein bisschen Reiseproviant richten.«

»Ich bin so frei.«

»Dann gute Reise!«

»Danke schön, Bauer!«

Ferdinand ging ins Haus, lief in seine Kammer und machte sich eilends fertig.

Dann ging er in die Küche. Sara machte gerade Kaffee. Erschrocken schaute sie auf.

»Guten Morgen!«, sagte er.

»Guten Morgen!«

»Ich fahre heute weg, Sara. Hat man es dir schon gesagt?«

Sie erschrak noch mehr. »Nein«, antwortete sie dann.

»Der Bauer schickt mich zu dir mit der Bitte, mir eine kleine Wegzehrung zu richten.«

Sie nickte, ging dann zum Schrank und nahm Brot, Butter und Rauchfleisch heraus.

Damit schritt sie zum Tisch, um die Brote zu schmieren.

Er stand dicht hinter ihr. »Was ist? Warum sagst du nichts?«

Sie schaute sich nach ihm um und lächelte traurig. »Ich habe mir schon gedacht, dass du bald wieder gehst. Es bleibt keiner lange bei uns.«

Ferdinand lachte, als er begriff, wie sie ihn verstanden hatte.

»Keine Sorge, ich komme wieder, in zwei bis drei Tagen schon«, versicherte er ihr. »Ich muss bloß ein paar private Angelegenheiten in Ordnung bringen, und jetzt ist nicht viel zu tun, so dass ich Zeit dafür habe.«

Sie legte das Messer aus der Hand und drehte sich nach ihm um. Sie schaute ihn zweifelnd an.

»Ist das wahr?«

»Hör einmal, Mädchen, mich bringt ihr hier nicht mehr los, und sollte mich der Bauer zur vorderen Tür hinauswerfen, komme ich zur hinteren wieder herein.«

»Das glaube ich doch nicht so recht«, lächelte sie und schlug die Augen nieder, weil er sie gar so keck ansah.

»Und dir wird es in gleicher Weise ergehen, wenn du mir laufend den Rücken zudrehst. Dann tanze ich so lange um dich herum, bis du mich anschauen musst! Hast du denn Angst vor mir?«

Sie schüttelte den Kopf.

»Aber vor dem Bauern, oder? – Das habe ich am ersten Tag schon gemerkt. Doch der Bauer weiß eines nicht, und das ist, dass ich mich vom ersten Moment an in dich verliebt habe. Und was die Welt über deinen Vater und deine Mutter denkt und spricht, ist mir wurscht! Denn es ist doch offensichtlich, dass Eltern, die ein so bezauberndes Mädchen wie dich in die Welt gesetzt haben, keine schlechten Menschen sein können! Das Schicksal hat mich auf diesen Hof gebracht, und jetzt wirst mich nie mehr losbringen. Ich werde sogar noch da sein, wenn mir die Füße schlottern und die Haare ausgehen, als alter Knecht bei meiner ledigen Bäuerin; denn heiraten kannst du nicht, weil ich jeden umbringen werde, der dich um deine Hand bittet, wenn ich dich schon nicht selbst haben kann.«

Er atmete tief durch.

»So – jetzt kennst du mein finsteres Geheimnis. Das war jetzt vielleicht ein bisschen viel auf einmal, aber dafür hast du Zeit, um das alles verdauen, bis ich in ein paar Tagen wiederkomme.«

»Du musst verrückt geworden sein, Ferdinand!«, sagte Sara leise und wandte sich wieder dem Tisch zu und machte die Brote fertig. Sie war flammend rot geworden – doch lächelte sie nicht auch fast unmerklich?

»Sag mir wenigstens, dass du froh bist, wenn ich wiederkomme!«

Sie schwieg, aber schließlich nickte sie und blickte scheu zu Boden.

»Schau, Sara, wir sitzen dreimal am Tag zum Essen am gleichen Tisch, ohne dass wir ein Wort miteinander sprechen können.«

»Der Bauer mag das nicht.«

»Ich weiß, und deshalb wird er es eines Tages bereuen, dass er mich in sein Haus genommen hat. Wenn ich es irgendwie bewerkstelligen kann, wird das nicht immer so bleiben. Überhaupt finde ich es sehr seltsam, dass er dich hier in der Einsamkeit vergräbt. Du wirst einmal die Bäuerin auf dem Wildgruberhof sein, und doch lässt er nicht zu, dass du unter Menschen kommst. Er will wohl nicht, dass du einen Mann findest. Warum nur?«

»Meine Mutter soll eine Zigeunerin gewesen sein und die Familie ins Unglück gestürzt haben. Vielleicht ist das der Grund.«

Sie wickelte nun die Brote in Papier ein und reichte sie ihm.

Er griff aber nach ihren Händen und hielt sie fest. »Sara, wenn wir auch bis heute immer so tun mussten, als ob wir nichts miteinander zu schaffen hätten, ich jedenfalls kann nachts nicht schlafen, weil ich immer an dich denken muss. Denkst du denn auch manchmal an mich? – Sag Ja! Sag, dass du mir gut bist!«

Ach, die großen, wunderschönen schwarzen Augen, mit denen sie ihn nun verwirrt und erschrocken anschaute! Er hätte sie an sich reißen und küssen mögen.

Sie riss sich schließlich zusammen und drückte ihm die Wegzehrung in die Hand. »Willst du noch einen Kaffee trinken?«

Er schaute auf die Uhr. »Ja, das geht noch.«

Sie sagte kein Wort zu seiner stürmischen Liebeserklärung, doch sie war jetzt plötzlich merklich aufgeregt, und ihre Hände zitterten, als sie den Kaffee aus dem großen, schweren Topf in seine Tasse schüttete. Aber sie lächelte.

Als er ging, rief er noch übermütig in den Stall: »Auf Wiedersehen, Martha!«

Die Alte kam hinter der Raufe hervor und trug die Gabel so, als wollte sie ihn aufspießen. Ihr Gesicht verzog sich vor Staunen. »Was ist denn mit dir los?«

»Ich gehe fort.«

»Wohin?«

»Auf Urlaub.«

Die Alte schüttelte verständnislos den Kopf. »Seit wann gibt's auf dem Wildgruberhof Urlaub?«

»Seitdem ein Ferdinand Faustner da ist!«

»Mach keine Dummheiten! Läufst du uns etwa davon?«

»Ich komme bald wieder, großes Ehrenwort. Lass dir's von Sara erzählen; ich habe jetzt keine Zeit mehr.«

Als er später noch einmal auf das Haus zurückschaute, sah er die Sara am Küchenfenster stehen und ihm nachschauen.

4

Brux war nur eine kleine Kreisstadt mit fast ländlichem Charakter, aber es gab dort alle Ämter und Behörden, die für ein geordnetes staatsbürgerliches Rechts- und Gesellschaftsleben verantwortlich zeichneten. Es gab also ein Landrats- und Finanzamt, ein Forst- und Wasseramt, sogar ein Amtsgericht war da und ein Gefängnis. Dieses war untergebracht in einem lang gestreckten alten Gebäude, das, einer Burg ähnlich, vom Hügel auf das Städtchen niederschaute.

In der Stadt selbst gab es Kaufhäuser, Geschäfte und Handwerker, ein paar kleinere Fabriken und Bauern. An den Markttagen herrschte ein reges Treiben auf den Straßen, wenn die Landbevölkerung aus allen Richtungen durch die alten Tore gefahren kam, um ihre Produkte abzusetzen und ihre Einkäufe zu tätigen. Auch die Ortschaften des Kreuztales zählten noch zum Kreis Brux, und die Bauern hatten dort ihre Lieferanten und Kundschaft, ihre Werkstätten und Banken, ihre Ärzte und Anwälte.

Am Vormittag, vom Turm der Stadtpfarrkirche schlug eben die zehnte Stunde, ging Ferdinand Faustner auf der belebten Hauptstraße, vom Bahnhof kommend, stadteinwärts. Aufmerksam las er die Firmenschilder der Geschäftshäuser ab, bis er endlich gefunden hatte, wonach er suchte.

»Druck- und Verlagsanstalt des Bruxer Tagblattes ...«

Er ging hinein, erkundigte sich, ob es möglich sei, im Archiv der Zeitung alte Ausgaben einzusehen, und folgte dann einer jungen Zeitungsmitarbeiterin hinab in die Kellerräume, wo sich das Zeitungsarchiv befand. Sie schloss eine Tür auf, und sie betraten das Archiv. In Regalen standen verstaubte Folianten, nach Jahreszahlen geordnet und mehr als ein halbes Jahrhundert zurückreichend.

»Welcher Jahrgang soll es sein?«, fragte sie ihn.

Er nannte das Jahr und den Monat.

Zu seinem Erstaunen holte sie nun nicht einen der Bände aus dem Regal, sondern öffnete einen Schrank, kramte kurz darin und zog schließlich eine weiße Schachtel hervor.

»Was ist denn das?«, fragte er erstaunt, als sie ihm diese Schachtel hinhielt.

Die junge Frau lächelte über seine offensichtliche Ratlosigkeit. »Das ist ein Mikrofilm. Wir verfilmen alle unsere Zeitungen, damit die Papierausgaben nicht dauernd durchgeblättert werden müssen. So hält das dünne Zeitungspapier besser.«

Sie zog die Filmrolle aus der Schachtel und führte Ferdinand an einen Schreibtisch, auf dem ein Gerät mit einem großen Bildschirm stand. Sie spannte den Film in die dafür vorgesehene Vorrichtung ein, schaltete den Bildschirm ein und spulte den Film ein Stückchen vor. Auf dem Bildschirm erschien die Titelseite einer Zeitung.

Die junge Frau zeigte Ferdinand, wie er vor- und zurückspulen konnte, bis er die Aufnahmen gefunden hatte, die er benötigte.

»Sie können sich Papierkopien von den Seiten machen, auf denen die Artikel stehen, die Sie benötigen.«

Sie erklärte ihm kurz, was er dazu machen musste, und wechselte ihm bereitwillig einen Geldschein in Münzen um, damit er die münzbetriebene Kopiereinrichtung benutzen konnte.

»Ich habe hier unten noch Arbeit liegen, die ich am besten erledige, solange ich mit Ihnen hierbleiben muss«, meinte die Zeitungsmitarbeiterin schließlich, nachdem Ferdinand nach einigem Herumprobieren mit dem Mikrofilm-Lesegerät zurechtkam. »Rufen Sie mich, falls Sie mich brauchen oder wenn Sie fertig sind.«

Damit ließ sie ihn allein und machte sich auf einem Schreibtisch an einem ziemlich großen Papierstapel zu schaffen.

In wenigen Minuten hatte Ferdinand gefunden, was er suchte. Der Mord hatte damals so viel Aufsehen erregt, dass der erste Bericht darüber nicht nur auf der Titelseite der Zeitung jenes Tages kam, sondern weitere zwei volle Seiten der Zeitung gefüllt hatte. Auch in den darauf folgenden Ausgaben kamen weitere Berichte, die keinen Aspekt der Tragödie unbeleuchtet ließen. Er machte sich Kopien aller Zeitungsartikel, die er finden konnte.

Einige Zeit nach dem Mord schien das Medieninteresse nachgelassen zu haben, wie üblich. Doch wie konnte er herausfinden, wann die Gerichtsverhandlung gewesen war? Auch über diese musste es doch Berichte geben! Er rief die Zeitungsmitarbeiterin zu Hilfe, schilderte ihr sein Problem und vernahm erfreut, dass sie dies ohne viel Aufwand herausfinden konnte, indem sie einen Registerband zu dem betreffenden Zeitungsjahrgang zu Rate zog.

»Mal sehen ... Gerichtsverhandlungen ...«, murmelte sie, während sie mit dem Finger die Zeilen in dem Register entlangfuhr. »Ah ja, ich hab's schon. Einen Moment, ich hole Ihnen gleich den richtigen Film.«

Sie kramte wieder in dem Schrank und brachte ihm eine weitere Filmrolle. Nach kurzen Suchen hatte sie auch schon die richtige Seite gefunden:

»Mordfall von Laubers, Gemeinde Achgaden, erster Verhandlungstag ...«

»Das ist es!«, rief er. »Sie sind ja ein Genie! Ohne Ihre Hilfe hätte ich das nie gefunden!«

Eilig überflog er den Artikel, kopierte ihn, suchte in den nächsten Ausgaben der Zeitung nach weiteren Berichten, kopierte wieder, rief nochmals nach seiner Helferin und bat sie, ihm noch mehr Geld zu wechseln, und schließlich hatte er alles, was die Zeitung damals zum Mordfall Breitinger geschrieben hatte, kopiert und verließ das Verlagsgebäude mit einem dicken Packen Papier und nicht ohne sich bei der freundlichen Mitarbeiterin überschwänglich für ihre Hilfe zu bedanken.

Die kopierten Zeitungsartikel würde er sorgfältig durchlesen, denn darin fand sich vielleicht ein Anhaltspunkt dafür, ob der Mann, in dessen Auftrag er sich auf dem Wildgruberhof aufhielt, entgegen seinen eigenen Beteuerungen doch kein Mörder war.

Verschollen, nach Amerika oder sonst weit fort ausgewandert oder gar tot? Nein, Valentin Wildgruber war nahe genug, um Nachforschungen über das Schicksal seiner Tochter anstellen zu lassen. Zu diesem Zweck hatte er Ferdinand Faustner engagiert. Niemand wäre für diese Aufgabe so gut geeignet gewesen wie er, denn er war als Bauernsohn wirklich mit allen Arbeiten auf einem Bauernhof bestens vertraut. Doch von Beruf war er Privatdetektiv. Sein Arbeitszeugnis hatte er sich von einem Jugendfreund ausstellen lassen, der tatsächlich Verwalter eines großen Guts und von ihm in seine Pläne eingeweiht war. Als begeisterter Leser von Kriminalromanen hatte dieser ihm bereitwillig geholfen unter der Bedingung, dass ihm ausführlich über das Ergebnis seiner Nachforschungen Bericht erstattet würde.

Ferdinand Faustner bezog sein Zimmer in einem kleinen Hotel in der Kreisstadt und stellte sich auf einen langen, arbeitsreichen Abend ein, an dem er die gefundenen Unterlagen sorgfältig durchlesen wollte.

Den nächsten Tag verbrachte er damit, dieses und jenes einzukaufen, denn der Bauer würde wohl Verdacht schöpfen, wenn er nicht seine angeblich von seinem Arbeitskollegen geholte Habe mit sich brachte. Mit einer großen, schweren Reisetasche in der Hand bestieg er am Abend den Omnibus nach Achgaden. Es war schon dunkel und er war fast der einzige Fahrgast. Er drückte sich in der Sitzecke ans Fenster und schaute in die nächtliche Landschaft hinaus.

Noch stand die Natur ganz im Zeichen des Hochsommers. Bei schönem Wetter brannte die Sonne glutheiß in die windgeschützten Täler. Gelegentliche abendliche Gewitter brachten immer wieder Abkühlung und Erfrischung. Auf den Wiesen wuchs die zweite Mahd heran, auf den Feldern reifte das Korn. Es war ein fruchtbares Stück Land, und die Bauern sahen dank des guten Wetters einem erfreulichen Ernteertrag entgegen.

Wenn das Abendessen eingenommen und die letzte Arbeit des Tages getan war, lagen beim Breitingerhof die Mitarbeiter oft unter dem Baum hinter dem Haus im taufrischen Gras. Da war der alte Vitus, der in Ermangelung des Bauern die Aufsicht über die anderen Arbeiter führte, denn er war schon lange auf dem Hof und hatte die meiste Erfahrung, die beiden Frauen, eine ältere und eine jüngere, die entfernt mit der Bäuerin verwandt waren, der zurückgebliebene Wenzel, und manchmal kam auch der Sohn des Hauses dazu, ein junger Bursche von knapp zwanzig Jahren. Die Jungen führten heitere, scherzhafte Gespräche, während der alte Vitus schweigend seine Pfeife rauchte und nur ab und zu über die übermütige Fröhlichkeit der jungen Leute lächelte.

Wenzel lachte jedes Mal mit, auch wenn er nicht immer verstand, was gemeint war. Wenzel freute sich, wenn gelacht wurde. Wo gelacht wurde, da hatte man keinen Grund, sich zu fürchten.

Die schlechte Zeit, in der er sich jeden Tag hatte fürchten müssen, lag so weit zurück, dass er sich kaum mehr daran erinnerte. Das war damals gewesen, als noch ein Bauer Breitinger im Haus das Sagen gehabt hatte. Vor diesen hatte er gezittert, wenn er ihn nur in der Nähe wusste. Dabei war Wenzel körperlich so groß und stark, dass er sich jederzeit gegen den Bauern hätte erwehren können. Aber er war sich seiner Kraft nicht bewusst und ließ sich schlagen wie ein tonnenschwerer Ochse, der seinen Peiniger mühelos hätte auf die Hörner nehmen können.

Die Bäuerin, Wenzels Schwester, war gut und freundlich zu ihm, und auch der alte Vitus nahm ihn so, wie er eben war. Manchmal freilich machte er etwas Dummes bei der Arbeit, und dann schimpfte Vitus mit ihm. Doch das war nicht so schlimm, denn wirklich böse wurde er nie. Wenzel freute sich, wenn er eine Sache gut gemacht hatte und dafür gelobt wurde. Er konnte zum Beispiel das Vieh hüten und im Stall mithelfen, beim Fuderladen den Rechen nachziehen und die Milch in die Molkerei karren. Es gab eine Menge Arbeit, bei der man nicht gerade ein Genie zu sein brauchte.

Ferdinand, der Arbeiter vom Wildgruberhof, kam von der Ach herauf. Es war ein sonniger, heißer Tag gewesen, und er hatte heute draußen am Rain die Wege aufgeschüttet, damit man mit dem Mähdrescher dort ohne Unfallgefahr fahren konnte. Bei dieser Arbeit kam man auch bei kühler Witterung ins Schwitzen. Darum war er heute nach Feierabend noch zum Bach gegangen, um sich dort zu erfrischen. Auf dem Heimweg hörte er vom Breitingerhof herab Gelächter. Es war schon zu dunkel, um etwas davon sehen zu können. So stieg er hinauf und fand noch alle unter dem Baum im Gras liegend vor. Er war unter diesen Leuten kein Unbekannter mehr, und so ließ er sich gerne zum Verweilen einladen.

»Setz dich nur her!«, rief die jüngere der beiden Frauen. »Bei euch drüben muss man ja in den Keller gehen, wenn man einmal lachen will.«

»Da hast du wohl recht«, entgegnete er und setzte sich zu ihnen.

»Man muss sich ja wundern, dass du's so lange auf dem Wildgruberhof aushältst!«, fuhr seine Gesprächspartnerin fort.

»Warum?«, fragte Ferdinand erstaunt zurück.

»Bis jetzt ist jeder nach zwei, drei Wochen davongelaufen.«

»Die sind dumm gewesen! Mir gefällt's dort! Der Bauer hockt in der Stube und rührt sich nicht, und die Martha sitzt abends immer in irgendeinem Winkel und strickt an ihren Strümpfen, die ihr bald bis zum Hals hinauf reichen müssen, so lang sind sie schon geworden. Es ist bei uns so ruhig im Haus wie in einem Erholungsheim, und das Essen, das die Sara kocht, ist hervorragend. Ich habe schon zehn Pfund zugenommen.«

Als Antwort erhielt er eine Lachsalve aller Anwesenden.

»Ich vermute, dir hat es die junge Zigeunerin angetan!«, stichelte seine Gesprächspartnerin weiter. »Schön ist sie ohnehin, aber wenn sie auch noch kochen kann, dann solltest du sie dir warmhalten. Du weißt ja, Essen und Trinken hält Leib und Seele zusammen.«

»Und wenn, ist daran etwas auszusetzen?« Ferdinand grinste spitzbübisch zurück.

»Möchtest du am Ende einmal Bauer vom Wildgruberhof werden?«

»Jawohl, hat der Esel gesagt, jetzt werde ich bald über den Berg sein – sprach's, rutschte über den Felshang ab in die Tiefe und ward nie mehr gesehen.«

Wieder gab es eine Lachsalve.

»Dann gib bloß acht, dass du wegen deiner Zigeunerin nicht auch einmal einem den Schädel einschlägst und ins Zuchthaus wanderst!«

»Hör auf damit!«, mahnte der alte Vitus. »Das ist nicht komisch!«

»Man muss es ihm doch sagen, wenn er's noch nicht weiß«, verteidigte sich die junge Frau.

»Du sollst aufhören, habe ich gesagt!« Der alte Mann runzelte die Stirn.

»Lass sie doch reden!«, sagte Ferdinand gleichmütig. »Sie weiß es halt nicht besser und denkt, sie gibt mir einen guten Rat damit. Auf alle Fälle bin ich noch da und bleibe auch da, solange es mir in Laubers gefällt. Und vorläufig gefällt es mir ausgezeichnet.«

Das Gespräch wandte sich nun anderen Dingen zu. Der junge Breitinger wollte wissen, wo er hergekommen und wie er denn ausgerechnet auf dem Wildgruberhof gelandet sei. Er hätte doch bestimmt genug freundlichere Plätze finden können, meinte er.

»Ich bin einfach meiner Nase nachgegangen, und die hat mich zum Wildgruberhof geführt«, antwortete Ferdinand in seiner heiteren Art.

»Dann ist auf deine Nase nicht recht viel zu geben!«, neckte ihn wieder seine vorherige Gesprächspartnerin.

»Wer weiß? Vielleicht stoße ich noch auf einen vergrabenen Schatz!«

»Da darfst du lang suchen, bei uns sperren die Bauern ihre Schätze in die Schränke ein.«

Ferdinand lachte und warf der Frau ein Büschel Gras ins Gesicht, das er abgerupft hatte.

»Geht bei euch bald der Schnitt los?«, fragte Vitus und lenkte damit die Unterhaltung in eine andere Richtung. Jetzt wurde über den Stand des Kornes gesprochen und von den Mucken der Mähdrescher und Traktoren, die manchmal wie von einem Teufel besessen zu sein schienen.

Ferdinand schlug vor, den Dorfpfarrer zu bitten, dass er noch vor der Getreideernte mit seinem Weihwasserkessel kommen und einen Exorzismus an den widerspenstigen Maschinen durchführen solle, um auf diese Weise die Teufel für immer auszutreiben, und wieder hatte er die Lacher auf seiner Seite.

»Ein Mechaniker tut's allemal«, meinte der alte Vitus trocken. »Oder wir rufen dich zu Hilfe, Ferdinand, an dir ist ja auch ein Mechaniker verlorengegangen. Überhaupt, ihr junges Gemüse habt ja keine Ahnung, wie gut es euch geht mit all den Geräten. Was haben wir uns früher geplagt, bevor wir diese Maschinen hatten! Tagelang die Sense schwingen, Acker auf und Acker ab! Das Hemd hat einem am Körper geklebt, und am Abend war man kreuzlahm!«

Die Frauen schien dieser Themenwechsel zu langweilen. Sie standen auf, sagten gute Nacht und gingen dem Haus zu. Auch der junge Breitinger ging weg.

Schließlich trottete auch der Wenzel hinterdrein.

Ferdinand schaute ihm aufmerksam nach. »Es ist sicher nicht immer einfach mit dem Wenzel«, sagte er.

»Hmm, das Pulver hat er nicht gerade erfunden, aber ganz so arg ist es auch wieder nicht«, entgegnete Vitus. »Man kann ihn schon manche Arbeit machen lassen.«

»Wie alt ist er denn überhaupt?«

»Der Wenzel? Schon fast fünfzig.«

»Und er ist auf dem Hof geboren?«

»Ja, er ist der Bruder unserer Bäuerin und wäre heute wohl der Bauer, wenn das mit seiner Krankheit nicht gewesen wäre. Mit zehn Jahren hat er Gehirnhautentzündung gehabt, bis dahin war er ein ganz normaler Junge. Danach war er so, wie er jetzt ist. So hat halt seine Schwester den Hof übernehmen müssen.«

»Wie lang bist du eigentlich schon da, Vitus?«

»Ich war schon da, als die alten Bauersleute noch gelebt haben. Als ich angefangen habe, hatten sie den Hof noch gar nicht übergeben. Dann hat die Bäuerin den Breitinger geheiratet. Er muss drüben vom Vorderwald stammen und ist öfter in den Ort gekommen, weil er mit Vieh und Getreide gehandelt hat.«

»Und dann ist er Bauer geworden?«

»Ja, Gott sei's geklagt! Er war ein grober Klotz, wenn auch als Bauer tüchtig. Im Dorf war er angesehen, aber daheim zu seiner Frau war er oft genug gewalttätig. Ich glaube, dass sie nach der Hochzeit kein gutes Wort mehr von ihm gehört hat. Zu allen war er grob, es war nicht auszuhalten. Ich wäre davongelaufen, wenn mich nicht die Bäuerin immer wieder inständig gebeten hätte, ich solle doch bleiben.

Am schlechtesten ist es freilich dem Wenzel ergangen; ihn hat er oft so geschlagen, dass er blutete, wenn er etwas verkehrt gemacht oder etwas gesagt hat, was dem Bauern nicht gepasst hat. Ich habe mir oft gedacht, wenn es der Bauer bloß nicht übertreibt. Ein paarmal hatte ich wirklich Angst, er könnte ihn totschlagen. Der Wenzel hat sich nie gewehrt, dabei hat er eigentlich Bärenkräfte.

Nur einmal war das anders: Der Wenzel war droben an der oberen Leite und hütete das Vieh. Ich bin mit dem Bauern vom Wald herabgekommen, und da sahen wir, dass die Kühe fast alle auf fremdem Grund weideten und im Krautacker standen. Der Wenzel aber lag auf dem Rücken und war eingeschlafen. Da stieß der Bauer einen Fluch aus, sprang auf den Wenzel zu, riss ihm die Peitsche aus der Hand und schlug mit ihr auf ihn ein. Dem armen Kerl lief das Blut übers Gesicht von den Schlägen. Ich schrie dem Bauern zu, er solle aufhören. Aber der benahm sich wie ein Irrsinniger und drosch immer weiter auf den Wenzel ein. Da stieß der plötzlich einen Brüller aus und stürzte sich auf den Bauern, krallte die Hände um seinen Hals und würgte ihn, bis er halb ohnmächtig zusammenbrach. Wenn ich nicht dagewesen wäre, hätte er ihn vielleicht umgebracht. So konnte ich das Schlimmste verhindern.«

Vitus spuckte aus und zog an seiner Pfeife, die auszugehen drohte.

»Und dann?«, fragte Ferdinand und verbarg die Spannung, die ihn befallen hatte.

»Gottlob, der Bauer erholte sich rasch wieder, und ich trieb das Vieh zurück und schloss den Zaun. Der Wenzel war davongelaufen und hatte sich wohl irgendwo versteckt. Auf dem Heimweg sagte der Bauer zu mir: ›Vitus, du bist Zeuge! Wenzel ist gemeingefährlich und muss weg, bevor er einen Menschen umbringt!‹ Dabei hatte sich der arme Kerl bloß gewehrt, und wenn man mich gefragt hätte, so hätte ich sagen müssen, dass der Bauer selbst schuld daran gewesen war, dass der Wenzel auf ihn losgegangen war. Aber ich bin von dieser Zeugenschaft verschont geblieben, denn kurz darauf kam es zu dieser unseligen Geschichte mit der jungen Wildgruberbäuerin.«

Flüsternd fuhr er fort: »So arg es auch war, unter uns gesagt, es war kein Unglück, wenigstens nicht für uns auf dem Breitingerhof. Was habe ich damals mit der Bäuerin mitgelitten, wenn er auf sie losgegangen ist! Sie hat auch keine Trauer geheuchelt; bei der Beerdigung war sie wohl recht blass, aber keine Träne hat sie vergossen. Ein paar Tage später hat sie mich in die Stube gerufen. ›Schaffen wir es alleine, Vitus?‹, hat sie gefragt. ›Freilich schaffen wir's‹, habe ich gesagt. Und wir haben es geschafft. Heute ist ihr Sohn schon bald so weit, dass er den Hof übernehmen kann. Und auch der Wenzel ist ganz anders als früher, nur Fremden gegenüber ist er ein wenig scheu und misstrauisch geblieben. Und Verstand hat er natürlich nicht hinzugewinnen können, wie sollte er auch, der arme Teufel.«

»Freilich.«

»Aber bitte, sei so gut und erzähle niemandem, dass ich mit dir über unsere traurige Geschichte gesprochen habe. Der Bäuerin ist das sicher nicht recht. Aber auf dich kann ich mich ja sicher verlassen. Du bist ein guter Nachbar, und das freut mich. Wer weiß, ob nicht wieder einmal so eine Maschine bei uns bockt, dann hilfst du mir, sie wieder in Gang bringen!«

»Selbstverständlich. Du brauchst nur nach mir schicken, Vitus.«

»Sagt da dein Bauer eigentlich nichts?«

»Der wird gar nicht gefragt.« Ferdinand erhob sich. »Gute Nacht, Vitus!«

»Gute Nacht, und lass dich bald wieder sehen!«

Als Ferdinand daheim das Haus betrat, schaute der Bauer aus der Stube. Hinter seinem Rücken fiel das Licht in den Gang.

»Du bist lange weggeblieben!«, sagte Ambros Wildgruber.

»Ich habe mich bloß drunten am Bach erfrischt, weil ich so geschwitzt habe.«

»Du bist ein komischer Kauz, wenn du in der Nacht noch im Bach herumtollst.«

»Das mache ich gern, Bauer; die Nacht deckt alle Schandtaten zu.«

Das war wohl ein bisschen unüberlegt gesprochen; Ferdinand merkte es erst, als der Bauer die Stirn runzelte.

Dieser Wildgruberhof war schon ein verrücktes Haus! Selbst die wenigen Worte, die man überhaupt aussprechen konnte, musste man zuvor auf die Goldwaage legen.

»Ich war heute drüben und hab mir die Felder angesehen«, fuhr der Bauer fort. »Wir können mit dem Schnitt beginnen. Das Barometer steht gut.«

»Ist recht, wann soll's losgehen?«

»Vielleicht schon morgen. Man müsste zuvor den Mähdrescher noch mal gründlich überprüfen und betanken.«

»Wird erledigt.«

»Schlaf gut!«

»Gute Nacht, Bauer!«

Auf den Zehen schlich Ferdinand sich über den dunklen Söller zu seiner Kammer. Er schlief ganz hinten, über dem Stall.

Hinter der Mitteltür hatte Sara ihre Kammer. Sooft er daran vorbeikam, warf er im Vorübergehen einen Blick auf das Schlüsselloch, sah aber nie ein Licht herausschimmern.

Daneben schlief die Martha. Sie hatte die Tür oft nur angelehnt. Ihr war es lieber so, und wer sollte auch in Versuchung kommen, bei ihr einzubrechen? Das war ihre Begründung dafür.

Die Wände seiner eigenen Kammer waren weiß getüncht. Ferdinand schaltete das Licht an. Durch das offene Fenster drangen die leisen Geräusche einer Sommernacht herein, ab und zu flog ein dicker, schwarzer Falter geräuschvoll gegen den Schirm der Lampe.

Ferdinand setzte sich an den Tisch und nahm sich erneut den dicken Packen Papier vor, den er aus dem verschlossenen alten Kleiderschrank hervorgeholt hatte.

Lange konnte er abends normalerweise nicht lesen, weil das Licht durch das Fenster hinausfiel und einen hellen Streifen auf die Erde warf. Der Bauer würde ihn sonst irgendwann sicher fragen, was er denn immer so lange noch bei Licht tat.

Was sollte er dann sagen? Dass er Romane las?

Das hätte der Bauer ihm kaum geglaubt. Und doch las Ferdinand die alten Zeitungsberichte fast wie einen Kriminalroman.

Valentin Wildgrubers Pflichtverteidiger, der Bruxer Rechtsanwalt Dr. Schwab, wies beispielsweise in einem Zeitungsinterview, das nach der Urteilsverkündung geführt worden war, auf Widersprüche in den Aussagen des Angeklagten hin, denen nicht nachgegangen worden war. Doch, wie er selbst einräumte, der Angeklagte war ja schließlich geständig, und da er selbst angab, in einem Zustand höchster Erregung gewesen zu sein und sich an vieles nicht mehr wirklich klar zu erinnern, war durchaus nachvollziehbar, dass seine Aussagen zum Hergang der Tat nicht in jedem Detail miteinander in Einklang zu bringen waren.

Nachgewiesen war jedenfalls die vorausgegangene Gemeinderatssitzung, in die er hineingeplatzt war, den Breitinger vor versammeltem Gemeinderat der Untat an seiner Frau bezichtigt hatte und dann sogar gegen diesen tätlich geworden war.

Wenn damals nicht alle Teilnehmer der Sitzung sich auf ihn gestürzt und ihn zurückgerissen hätten, so wäre es dem Breitinger wohl schon bei dieser Gelegenheit übel ergangen.

Der Wildgruber war nicht mehr zur Vernunft zu bringen, so dass man ihn durch die Polizei hatte abholen lassen.

Man konnte also ohne allzugroße Bedenken annehmen, dass Valentin Wildgruber anschließend im Eichgraben seinem Gegner aufgelauert hatte, denn auf diesem Weg musste der Breitinger ja kommen, wenn er nach Hause ging.

Und dann war es geschehen ...

Das Gericht war von seiner Schuld überzeugt und sprach das Urteil.

Der Verteidiger wollte eine Revision beantragen, aber der Angeklagte selbst lehnte das ab.

Ferdinand saß am Tisch und krallte die Finger in sein Haar. Laut tickte der Wecker an der Holzwand, und die Falter tanzten um das Licht.

Er stand auf, legte den Papierstapel in den Schrank zurück, drehte den Schlüssel um und zog ihn ab.

Wer ihn so hätte sehen können, der hätte sich gewundert, wie anders sich der heitere, immer zu Späßen aufgelegte Ferdinand Faustner nun auf einmal benahm.

»Er war es mit Sicherheit nicht!«, flüsterte er vor sich hin.

Dann löschte er das Licht, legte die Kleider ab und kroch in sein Bett.

Er konnte jedoch noch lange nicht einschlafen.

Durch das Fenster schien der Mond herein, der jetzt über dem Gebirge stand. Gespenstisch fiel der kleine Lichtstreifen über den Boden und beleuchtete mit einem fahlen Schein das alte Bild, das dort hing und offenbar so etwas wie einen Familienstammbaum darstellte. Es hatte wohl niemand mehr Interesse daran, deshalb hängte man es in der hinteren Kammer auf.

Mit Ambros Wildgruber sollte das Geschlecht wohl zu Ende gehen.

Und wieder wanderten Ferdinands Gedanken zu dem Mord. Es waren drei Leute, die eindeutig als Täter in Frage kamen, weil sie offensichtlich ein Motiv hatten, Breitinger ums Leben zu bringen: Valentin Wildgruber selbst, der als solcher verurteilt worden war, dann dessen Frau und als Dritter Wenzel vom Breitingerhof.

Ferdinand war sich fast sicher, dass Valentin keinesfalls der Mörder war. Doch wie stand es mit seiner Frau?

Sie war in jener Nacht vor ihrem Mann aus dem Haus gelaufen ... aber warum nur? Hatte sie Breitinger auf der Straße kommen sehen und beschlossen, ihn zu ermorden?

Martha hatte ihm erzählt, dass die Bäuerin aus dem Haus geflohen war. Doch sie hatte auch gesagt, dass man sie erst am Morgen droben vor der Waldkapelle gefunden habe.

Was hatte sie dort hingetrieben? Die Verzweiflung über einen Mord, den sie selbst begangen hatte ... oder vielleicht die Verzweiflung über einen

Mord, von dem sie annehmen musste, ihr Mann hätte ihn verübt.

Mit einem Ruck setzte Ferdinand sich auf. Was, wenn beide, der Mann und die Frau, unschuldig waren, aber beide den Toten gefunden und sich gegenseitig für schuldig gehalten hatten?

Er musste unbedingt nochmals seine Unterlagen durchsehen, ob er Hinweise darin finden konnte, die eine solche Erklärung plausibel machen würden.

5

An den nächsten Tagen ratterte und surrte der große Mähdrescher über die reifen Ährenfelder. Ferdinand saß, den großen Strohhut auf dem Kopf, auf dem Führersitz, hantierte mit den Hebeln, brachte die maschinellen Vorrichtungen in Einsatz und hatte seine Augen überall. Der Bauer half ihm dabei, und jeweils am Abend standen die gefüllten Kornsäcke am Rain, und über den leeren Äckern verstreut lagen die ausgedroschenen Strohbündel. Erst wenn der Himmel über dem Gebirge von den letzten Strahlen der Sonne rot aufleuchtete, wurde die Ernte des Tages heimgefahren.

Dasselbe geschah auch auf dem benachbarten Breitingerhof, und bei den Dorfbauern war es nicht anders. Auf allen Straßen bewegten sich die Mähdrescher und Strohfuhrwerke.

Im Wettlauf mit der Gutwetterperiode wurde überall das Korn geerntet.

»Bist du denn noch nicht müde genug?«, rief Ambros Wildgruber Ferdinand zu, als er ihn zum späten Feierabend noch weggehen sah.

»Ich geh' bloß zum Bach. Ich möchte noch ein bisschen Kühlung nach der Hitze heute.«

»Du wirst doch noch einmal ersaufen, wenn du so weitermachst!«

»Keine Angst, Bauer!«, lachte Ferdinand.

Ambros Wildgruber ging um das Haus herum, schaute nach, ob alle Türen und Tore gut verschlossen waren, wie es seine Gewohnheit war, und zog sich dann in seine Stube zurück.

Ferdinand lief ein Stück der Bachniederung zu, änderte aber dann plötzlich die Richtung, umging in weitem Bogen den Breitingerhof und stieg zum bewaldeten Hügel hinauf.

Am westlichen Himmel leuchtete immer noch das Sonnenlicht, es strahlte aus bis zum Gebirge, erfasste die kahlen Felsspitzen und brachte sie zum Glühen. Aus der schon etwas dämmerigen Niederung kam das monotone Rauschen und Gemurmel der Ach. In den reifen Kornfeldern zirpten die Grillen. Ihre schrillen Pfeiftöne hallten sogar noch droben durch den Wald.

Drunten lagen die beiden Höfe, links der Breitingerhof, rechts der Wildgruberhof.

Ferdinand folgte dem schmalen, holprigen Weg hinein in den Fichtenhain, durchbrach das Gestrüpp, das über der Erde wucherte, und ging auf die Lichtung zu, die hell durch das Geäst der Bäume schimmerte.

Hier stand die kleine Hauskapelle des Wildgruberhofes, die einstmals ein frommer Vorfahr des Bauern als Dank für seine Rettung aus irgendeiner Bedrängnis in die Waldlichtung gestellt hatte. Das war lange her, denn die Kapelle war alt, aber das Gemäuer trotzte dem Verfall. Dach und Türmchen waren wohl schon ein paarmal erneuert worden.

Im Inneren befand sich nur ein kleiner Altar, auf dem ein paar Kerzenleuchter und Topfpflanzen standen, davor sah man ein paar einfache Betstühle. An die Wände waren Heiligenbilder gemalt, deren Farben bereits sehr verblasst waren. Aber der Raum war sauber gepflegt.

Er ging an die Holztür und fand sie verschlossen.

Es war kurz vor seinem eigenen Aufbruch gewesen, da hatte er beobachtet, dass Sara auf den Hügel zugegangen war. Er hatte ihr nachgeschaut, bis sie im Gehölz verschwunden war. Sie war also zur Kapelle gegangen, doch wo war sie jetzt? Er hätte sie doch sehen müssen, denn er hatte den Weg nicht mehr aus den Augen gelassen. Schon wollte er enttäuscht den Rückweg antreten. Er hatte so sehr gehofft, Sara hier anzutreffen, um ein paar Worte mit ihr zu wechseln.

Es blieb ihm schließlich nicht viel Zeit, bevor das so genannte Wiesheu im Achtal fällig war. Eine Woche mindestens würden sie dort bleiben, in einer Hütte nächtigen und sich von mitgebrachtem Proviant ernähren, weil der Weg zur täglichen Heimkehr zu umständlich war.

Ferdinand rüttelte an der verschlossenen Tür der Kapelle.

»Sara!«, rief er.

Er erschrak, als plötzlich ein Schlüssel rasselte. Die Tür ging auf. Sara kam hervor.

»Was machst du denn hier?«, fragte sie erstaunt.

Ferdinand fasste sich sofort und sagte fröhlich: »Ich habe dich verfolgt, Sara.«

Als sie ihn ansah, als ob sie an seinem Verstand zweifelte, beeilte er sich hinzuzufügen: »Natürlich nur mit der ehrenhaftesten Absichten! Ich habe dich hier hinaufgehen sehen, und ich dachte, ich mache einen kleinen Spaziergang und sehe mir auch endlich einmal die Kapelle an. Und dann biete ich mich dir zur Begleitung auf deinem Rückweg an, damit ich dich im Dunkeln vor Räubern und Werwölfen beschützen kann.«

Es gelang ihm, Sara damit ein Lächeln abzuringen.

»Komm herein!«, forderte sie ihn auf.

Gemeinsam traten sie ein, und Ferdinand bekreuzigte sich vor dem Altar, erst dann blickte er um sich.

»Diese Kapelle ist schon sehr alt, nicht wahr?«, fragte er Sara im Flüsterton, als habe er Angst, die Ruhe einer geweihten Stätte zu durchbrechen.

Diese nickte und antwortete ebenfalls sehr leise. »Ja, schon über hundert Jahre ist sie alt.« Sie wies auf die Wandmalereien. »Es ist ein Jammer, dass der Bauer sie nicht restaurieren lässt, meinst du nicht auch?«

Ferdinand nickte schweigend.

»Komm, lass uns gehen«, sagte Sara schließlich. »Es wird schon dunkel.« Sie schloss die Tür ab und nahm den Schlüssel an sich.

»Wie kommt es, dass du so häufig zur Kapelle gehst, Sara?«, erkundigte sich Ferdinand. »Fast jeden Tag sehe ich dich den Hügel hinaufgehen. Hat da der Bauer nichts dagegen?«

»Er sagt nichts, und ich frage ihn nicht. Die Martha hat mir erzählt, dass meine Mutter auch jeden Tag zur Kapelle gegangen ist, um dort zu beten. Sie muss sehr fromm gewesen sein. Als man damals nach ihr suchte, weil sie die ganze Nacht nicht heimkam, hat man sie hier gefunden. Sie lag leblos vor der Tür. Die Martha sagt, dass sie eine gute Frau war.«

Sie standen immer noch vor der kleinen Kapelle. Es war inzwischen merklich dunkler geworden.

»Was weißt du von deinem Vater, Sara?«, fragte Ferdinand.

»Nur, dass er den Breitinger erschlagen hat und ins Gefängnis gekommen ist. Mein Onkel gibt meiner Mutter die Schuld daran, er sagt, sie habe den Breitinger genauso um den Verstand gebracht wie meinen Vater.«

»Was würdest du tun, wenn dein Vater eines Tages zurückkäme?«

Sie schaute ihn überrascht an, schüttelte aber den Kopf. »Er wird nicht mehr kommen. Mein Onkel meint, dass er vielleicht gar nicht mehr lebt und irgendwo in fremder Erde als Unbekannter begraben liegt.«

Sie standen kurze Zeit schweigend da. Ferdinand kämpfte mit sich, und schließlich gab er sich einen Ruck. »Ich weiß nicht, was du von mir hältst, Sara«, begann er dann leise. »Ich bin als Fremder zu euch gekommen, und der Bauer hat mich behalten, weil er dringend eine Arbeitskraft brauchte. Als ich im Dorf einige Leute nach dem Wildgruberhof fragte, wurde ich zunächst angestarrt wie ein Verrückter. Man wollte wissen, was ich beim Zigeunerhof wolle, und dann zählte man mir mehrere Gehöfte im Dorf auf, wo ich auf jeden Fall Arbeit finden würde. Nur zum Zigeunerhof solle ich um Gottes willen nicht gehen. Der Bauer selbst sei dort zum Mörder geworden, ins Gefängnis gekommen und seit seiner Entlassung verschollen, sein Bruder, der den Hof führe, sei ein komischer Kauz, mit dem es sich schwer zusammenleben ließe. Das alles hielt mich jedoch nicht davon ab, trotzdem zum Wildgruberhof zu gehen.«

»Dafür danke ich dir, Ferdinand«, entgegnete sie scheu.

»Du? – Nein. Ich habe dir zu danken.«

»Wofür?«

»Dass du da bist, dass es dich überhaupt gibt. Du bist die rechtmäßige Erbin und Nachfolgerin deiner Eltern. Mir konnten meine Eltern nichts hinterlassen als ein Paar kräftige Arme und ein bisschen gesunden Menschenverstand. Aber auch damit kann man sich ganz gut durchbringen. Außerdem habe ich ein Herz, und mit diesem bin ich zu dir gekommen, Sara.

Wenn du mich aufdringlich findest, dann schicke mich jetzt fort. Wenn du aber glaubst, dich auf mich einlassen zu können, bitte ich dich um dein ganzes Vertrauen. Ich setze dich in deine Rechte ein, so wahr ein Gott im Himmel ist, auch wenn es heute noch so aussieht, als wäre das nicht möglich. Gewiss, Ambros Wildgruber hat dein Erbe gut verwaltet, und dafür verdient er Dank. Aber er wird herausgeben müssen, was er sich angeeignet hat. Ich kann es nicht beweisen, aber ich fühle es, dass dein Vater kein Mörder ist, und ich fühle außerdem, dass er eines Tages zurückkehren wird! Und erst an diesem Tag kann ich wieder gehen, denn dann bist du nicht mehr allein. Es sei denn, du willst, dass ich bleibe.«

Sie gingen langsam durch den Wald hinab.

»Dass ich dich liebe, musst du mir verzeihen, Sara, denn dafür kann ich nichts, aber du brauchst nicht zu fürchten, dass ich dir damit auf die Nerven gehe. Freilich, sagen muss ich es dir, und das habe ich jetzt getan. Wenn du mir nur gut bist, ist es für mich das höchste Glück.«

Er hatte nach ihrer Hand gegriffen und hielt sie fest umklammert.

Sie machte keinen Versuch, sich zu befreien. Das allein machte ihn schon glückselig.

»Es ist dir doch recht, wenn ich bleibe?«

»Ja«, sagte sie und lächelte ihn schüchtern an.

»Sara, du solltest alles tun, was ich dir rate! Ich muss dir nämlich deine Scheu nehmen vor den Menschen, deine Angst vor Ambros Wildgruber, der in Wirklichkeit nur Verwalter deines Besitzes ist, den er dir nicht nehmen kann.«

Sie hielt ihren Schritt an und wandte ihm ihr Gesicht zu.

»Das verstehst du nicht?«, lachte er. »Schau, wir beide sind doch davon überzeugt, dass dein Vater den Mord am Breitinger nicht begangen hat. Oder?«

Sie staunte.

»Warum hat er dann die Tat gestanden?«

»Oh, dafür gibt es Gründe genug. Vielleicht wollte er ihn wirklich umbringen und kam nur nicht mehr dazu, weil die Tat schon geschehen war. Oder er wollte mit seinem Geständnis einen Menschen decken, der ihm teurer war als seine Freiheit.«

Ihre Augen wurden groß, und dann funkelten sie ihn zornig an. »Meinst du etwa, dass es meine Mutter getan hat?«

»Nein, das habe ich damit nicht gesagt. Ich vermute, deine Mutter ist genauso unschuldig wie dein Vater. Aber es könnte sein, dass dein Vater zu Unrecht geglaubt hat, deine Mutter sei es gewesen.«

»Aber wer soll es denn dann getan haben?«

»Das kann ich jetzt noch nicht sagen, denn noch habe ich nur einen Verdacht, aber keine Beweise!«

Von weitem sahen sie nun schon das Licht, das zu den Stubenfenstern des Wildgruberhofes herausschimmerte. Der Bauer war also noch auf.

»Wir dürfen auf keinen Fall gleichzeitig ins Haus kommen«, sagte sie.

»Ich weiß«, entgegnete Ferdinand ergeben.

»Wenn der Bauer erfährt, was mit uns beiden ist, musst du sofort aus dem Haus!«

»Ich weiß, Sara.«

»Du musst aber bei uns bleiben!«, brach es plötzlich aus ihr hervor.

»Ich bleibe bei dir, Sara. Du bist nicht mehr allein.«

Sie ließ ihren Kopf an seine Brust sinken.

Er neigte sich zu ihr hinab und küsste sie. »Wenn du wüsstest, was du mir bedeutest!«

Sie machte sich frei und lief dem Haus zu.

Leise sperrte sie die Tür auf, huschte an der Stube vorbei der Stiege zu, aber sie erreichte den Söller nicht mehr, als von drunten die Stimme des Bauern herauftönte. »Wer ist's?«

»Ich.«

»Wo kommst du so spät her?«

»Von der Kapelle.«

»Warum erst jetzt?«

»Ich bin am Abend so spät fertig geworden.«

»Dann bleibt man eben daheim! Verstanden?«

»Jawohl, Onkel.«

»In der Nacht streunt kein anständiges Mädchen draußen herum.«

»Jawohl, Onkel.«

»Hast du den Ferdinand gesehen?«

»Nein«, erwiderte sie ohne Zögern.

»Der Kerl ist noch an den Bach zum Baden gegangen und bis jetzt noch nicht zurückgekommen! Hoffentlich ist ihm nichts passiert!«

»Das glaube ich nicht. Vielleicht ist er drüben bei Breitingers.«

»Bei Breitingers? Was soll er dort?«

»Da sitzen sie abends oft noch im Gras, um ein bisschen zu reden.«

»Ach so! – Na ja – gute Nacht!«

»Gute Nacht, Onkel.«

Erst eine halbe Stunde später stahl Ferdinand sich ins Haus.

Der Bauer stand unter der Stubentür. Ferdinand pfiff leise eine Melodie.

»Gott sei Dank!«, sagte Ambros Wildgruber. »Bei dir muss man ja Angst haben, dass du einmal nicht mehr heimkommst!«

»Warum? So leicht bekommen Sie mich nicht los, Bauer!«

»Was du nicht sagst!«

»Es hat mir noch nirgends so gefallen wie auf dem Wildgruberhof.«

»Du bist schon ein komischer Kauz, du!«

»Sie doch auch, Bauer! Da passen wir schon zusammen.«

Ambros Wildgruber musste wider Willen darüber schmunzeln. »Warst du drüben bei Breitingers?«

Ferdinand nickte.

»Ich hab das nicht so gern.«

»Warum nicht? Der alte Vitus ist ein Prachtkerl!«

»Der – ja. Aber es wird viel gehetzt.«

»So leicht lasse ich mich nicht aufhetzen, Bauer.«

»Ich will dir's glauben, sonst wärst du ja längst über alle Berge. Schlaf gut!«

»Gute Nacht, Bauer!«

Heute legte Ferdinand sich gleich ins Bett. Es war der glücklichste Tag gewesen, den er im Kreuztal bisher erlebt hatte. Er wusste, dass die schwarzhaarige Sara ihn liebte. Jawohl, sie hatte seinen Kuss erwidert.

Volle zehn Tage war Ferdinand dann im Achtal beim Wiesheu. Nur zweimal war der Bauer gekommen, hatte ihm Proviant gebracht und bis zum Abend mitgeholfen bei der Arbeit. Dann war er wieder gegangen.

In den Nächten hatte Ferdinand sich in der Hütte ins Heu gelegt und mit Strohmatten zugedeckt. Einmal war ein so schweres Gewitter gewesen, dass er geglaubt hatte, den nächsten Tag nicht mehr zu erleben. Aber am Morgen stand wieder die Sonne am Himmel, und die Welt sah aus wie neugeboren.

Drüben auf der anderen Seite arbeiteten der alte Vitus und der junge Breitinger beim Wiesheu. Wenn sie sahen, dass Ambros Wildgruber nicht da war, kamen sie abends zum Ferdinand herüber, um sich ein wenig mit ihm zu unterhalten.

Ferdinand erfuhr, dass nach dem Wiesheu auf dem Breitingerhof immer ein lustiger Erntetanz stattfinde, wozu auch die Burschen und Mädchen vom Dorf kamen.

Ob er sich auch sehen lassen würde?

»Wenn's euch recht ist, gerne!«

»Und wie! Du bist ein echter Spaßvogel, so etwas brauchen wir hier!«, sagte der junge Breitinger.

»Und du hast uns schon so oft geholfen, wenn eine der verflixten Maschinen nicht funktionieren wollte«, setzte der alte Vitus hinzu. »Schon deshalb solltest du unbedingt kommen.«

»Gut, dann komme ich«, sagte Ferdinand. »Und wenn ich unsere Sara mitbringe?«

»Die lässt der Bauer bestimmt nicht gehen!«
»Mal sehen!«
»Du bist ein Teufelskerl! Ja, wenn du das noch fertig brächtest!«, ereiferte sich der alte Knecht. »Unserer Bäuerin ist es gar nicht recht, dass es so gekommen ist zwischen den beiden Höfen. Und überhaupt, was kann schon das arme Mädchen dafür, was damals geschehen ist!«
»Das sage ich mir auch.«
»Aber du wirst sehen, euer Bauer spielt da nicht mit! Er hat noch nie den Weg zu uns gefunden, und wenn einer von uns zu ihm käme, ließe er ihn wahrscheinlich vor der Schwelle stehen.«
»Das weiß ich nicht, Vitus, aber ich finde, er ist nicht allein daran schuld, dass er so abweisend zu allen ist. Solange man im Dorf von einem Zigeunerhof spricht und jeden davon abhalten will, sich beim Wildgruber von Laubers zu verdingen, wird es keinen Frieden geben. Du kannst dir gar nicht vorstellen, was ich mir alles anhören musste, als ich nach dem Weg zum Wildgruberhof gefragt habe. Was geht es mich denn an, was vor soundsoviel Jahren hier passiert ist, mit ganz anderen Menschen, als heute da sind? Das sage ich heute dir, und ich sage es bei Gelegenheit auch denen vom Dorf, die am wenigsten Grund haben, sich darüber aufzuregen!«
»Da hast du natürlich Recht!«, pflichtete ihm der alte Mann bei.
»Respekt vor deiner Bäuerin! Sie hat wenigstens Charakter und macht die Hetze nicht mit! Ich bin bloß ein einfacher Arbeiter, und es kann ihr eigentlich egal sein, welche Meinung ich von ihr habe. Aber vor ihr ziehe ich meinen Hut, vor den Großen im Dorf aber würde ich am liebsten gleich ein hal-

bes Dutzend aufsetzen, wenn ich nur so viele Hüte hätte.«

Vitus schlug ihm freundschaftlich auf die Schultern. Diese temperamentvolle Rede hatte ihm gefallen, überhaupt gefiel ihm der ganze Kerl.

Als Ferdinand die letzte Mahd gedörrt und eingebracht hatte, kehrte er zum Hof heim. Er winkte noch seinen Nachbarn drüben auf der anderen Seite zu, die noch nicht ganz fertig waren, obwohl sie zu zweit ein Grundstück bearbeiteten, das nicht viel größer war.

Man merkte jetzt überall den Herbst. Felder und Wiesen waren leer. Herb roch die umgebrochene Erde. Nur die Kartoffeln und Rüben waren noch draußen.

In den Wäldern färbten sich die Laubbäume und leuchteten rot aus dem Dunkel des Nadelholzes. An den Hängen der Hügel und über die Talwiesen weidete das Vieh.

Sara und die alte Martha standen in der Backstube, holten den Teig, der tags zuvor schon angesäuert worden war, aus der großen Truhe, formten die Laibe auf das Einschießbrett und schoben sie in den erhitzten Ofen.

Zwischendurch schaute einmal der Bauer herein und holte Sara weg. Die alte Martha blieb geraume Zeit allein.

»Was war denn?«, fragte sie, als Sara endlich wieder zurückkehrte. Der Backtag war immer ein anstrengender Tag, und da hatte sie es nicht gern, wenn noch andere Arbeiten zu tun waren.

»Ich musste bloß für den Ferdinand das Essen richten; er ist vom Wiesheu heimgekommen.«

»So schnell schon? – Ich glaube fast, der Kerl kann hexen, oder er hat die Hälfte vom Wiesheu stehen lassen«, rief die Alte.

»Keines von beidem, Martha. Er kann es bloß besser und schneller als die anderen.«

»Er ist überhaupt ein Tausendsassa, nicht bloß bei der Arbeit, auch sonst – aber man kann ihm nicht böse sein, dem Halunken!«

»Meinst du, dass er ein Halunke ist, Martha?«, fragte Sara.

»Ach was, man sagt das halt so. Freilich ist er kein Lump, aber er hat es nicht bloß in den Händen, sondern auch im Kopf. Merkst du denn nicht, dass sogar der Bauer ihm aus der Hand frisst? – Und gut sieht er auch noch aus! Wenn ich noch ein junges Ding wäre und der Herrgott mich mit ein bisschen mehr Schönheit ausgestattet hätte, so einer wäre ganz nach meinem Geschmack, da wäre meine Unschuld zum ersten Mal in meinem Leben in Gefahr.«

Sie lachte in sich hinein.

»Ich weiß schon, dass ich gegen die Hausordnung verstoße, wenn ich dir rate, du solltest dem Ferdl ein bissel entgegenkommen, und sei es bloß deshalb, damit er möglichst lange bei uns bleibt. Dass er dich gern hat, das sieht ja ein Blinder!«

»Ich kann ihn ja auch gut leiden, aber du weißt, wie der Bauer da ist. Wenn er etwas merkt, fliegt der Ferdl raus, auch wenn wir uns dann wieder zerreißen müssen vor Arbeit.«

»Ja, weil er Angst hat, es könnte dir einmal einer einreden, dass der Hof nicht ihm, sondern dir gehört. Jawohl, eigentlich bist schließlich du die Bäuerin vom Wildgruberhof!«

»Du darfst dabei aber nicht vergessen, Martha, was der Onkel für den Hof und für mich getan hat! Glaubst du, wir wären heute noch hier auf dem Hof, wenn er sich nicht darum gekümmert hätte?«

»Das streitet niemand ab, aber als Dauerzustand kann es doch so nicht bleiben! Man muss noch einmal ernsthaft nach deinem Vater suchen, und wenn er nicht aufzufinden ist, dann muss man ihn als vermisst melden. Und dann muss notfalls gerichtlich geklärt werden, wie die Eigentumsverhältnisse zu betrachten sind. Du bist heute schließlich erwachsen und selber in der Lage, den Hof zu führen!«

»Glaubst du?«

»Ja, das glaube ich.«

»Was denkst du denn, was ich tun soll? Soll ich vielleicht zum Anwalt gehen?«

»Das vorläufig natürlich noch nicht, aber nach einem jungen Bauern solltest du dich allmählich schon umschauen. Es muss ja keiner vom Dorf sein, die Fremden sind auch nicht schlechter.«

»Der Bauer sagt, wenn ich heiraten würde, dann käme nur das gleiche Unglück heraus wie bei meiner Mutter.«

»Das ist doch Blödsinn!«, schimpfte die Martha und klatschte den Teig energisch von den Händen auf das Brett. »Ich habe mich seit dem Tod deiner Eltern um dich gekümmert, er aber hat dich kaum eines Blickes gewürdigt. Ich war es, die mit dir ins Dorf zur Schulanmeldung gegangen ist und dir gut zugeredet und dich getröstet hat, wenn die verdammten Bälger vom Dorf dir gar so üble Namen nachgerufen haben. Ich bin zum Pfarrer und zum Lehrer gegangen, um meinen Ärger loszuwerden und dafür zu sorgen, dass den Schuldigen die Hammelbeine lang gezogen wurden. Nicht, dass es viel genützt hätte! Übers Knie legen müssen hätte man nicht die Kinder, sondern deren Eltern, das boshafte Pack, das sich nicht geschämt hat, gegen ein unschuldiges Kind wie dich zu hetzen! Ich kenne dich jedenfalls besser als der Bauer, und auch deine Mutter habe ich besser gekannt als er, der sie immer nur ein dahergelaufenes Zigeunerweib genannt hat, ohne sich die Mühe zu machen, sie überhaupt einmal richtig kennen zu lernen. Deine Mutter war einer der anständigsten, sympathischsten Menschen, die ich je getroffen habe, und deine Eltern waren sehr glücklich miteinander, Sara. Und an dem, was der Breitinger ihr angetan hat, hatte deine Mutter überhaupt keine Schuld! Es ist niederträchtig, so etwas zu behaupten!«

»Martha!«, rief Sara.

Die Alte hatte sich in Wut geredet und einen feuerroten Kopf dabei bekommen. In ihren Augen schimmerte es feucht, sie schluckte an den Tränen.

Sara bemühte sich, den Zorn der alten Frau wieder zu besänftigen. »Wie es auch kommen wird, Martha, du wirst immer bei mir sein, und das beruhigt mich«, sagte sie. »Ich bin froh, dass du dem Ferdinand so viel Vertrauen schenkst. Jawohl, Martha, Ferdinand und ich, wir lieben uns. Es ist so, und du allein darfst es wissen: Wir treffen uns manchmal heimlich. Aber dennoch ist einiges an ihm, das mich verwirrt. Er redet manchmal so seltsam, dass ich gar nicht weiß, wie ich ihn verstehen soll. Zum Beispiel hat er gesagt, er sei sicher, dass mein Vater eines Tages wiederkommen werde. Wie kann er das denn wissen? Ich weiß nicht, welches Ziel er verfolgt, aber ich bin sicher, es ist nichts

Schlechtes daran. Ich vertraue ihm, denn er ist auf jeden Fall ein guter Mensch.«

Die Alte starrte sie mit weit aufgerissenen Augen an. »Am Ende ist er wohl gar kein einfacher Arbeiter?«

»Das habe ich mir auch schon überlegt, aber wie könnte er bei der Arbeit auf einem Bauernhof so tüchtig sein, wenn er nicht sein Leben lang solche Tätigkeiten gemacht hat?«

Die Magd nickte. »Warten wir's ab. Ich glaube allmählich auch, dass er etwas im Schilde führt. Und ich bin sicher, du hast Recht – es ist nichts Böses. Vielleicht sucht er nach deinem Vater!«

»Wie kommst du darauf?«

»Ich weiß natürlich nichts Genaues, aber wenn er dir sagt, dein Vater werde wiederkommen, wäre das doch möglich, oder?«

6

Das Leben auf dem Wildgruberhof ging im Gleichmaß des Alltags weiter. Man erntete jetzt die letzten Feldfrüchte. An Regentagen wurde das Korn in die Säcke abgefüllt, gewogen und dann zur Mühle gefahren.

Martha trieb das Vieh zur Weide, nahm ihr Strickzeug und saß stundenlang draußen in der Herbstsonne.

An einem Abend nach dem Abendessen klopfte Ferdinand an die Tür der Bauernstube.

»Herein!«

»Ich bin's bloß, Bauer«, sagte Ferdinand eintretend.

Der Bauer hatte die monatliche Milchabrechnung vor sich auf dem Tisch liegen und addierte die einzelnen Posten zusammen. Er schob die Liste von sich und schaute auf.

»Was gibt's?«, fragte er.

»Ich wollte nur sagen, dass sie heute bei Breitingers den Erntetanz halten.«

»Das ist schon möglich. Und?«

»Man hat mich eingeladen, auch vorbeizukommen. Wenn es Ihnen nichts ausmacht, würde ich gerne dort hingehen.«

Ambros Wildgruber runzelte die Stirn. »Verbieten kann ich's dir nicht, wenn ich es auch nicht gern sehe.«

»Warum nicht?«

»Seit dem unseligen Mordfall ist es zwischen uns und den Leuten vom Nachbarhof zu keinem Kontakt mehr gekommen, auch unter den Mitarbeitern nicht. Weder hier bei uns noch drüben beim Breitinger mag man an diese Dinge erinnert werden. Man bleibt sich also deshalb lieber fern und lebt zurückgezogen innerhalb der eigenen Flurgrenzen. So hat man seinen Frieden, keiner wünscht dem anderen etwas Böses, und man meidet jeden Anlass, der zu Vorwürfen führen könnte. So haben wir es all die Jahre gehalten und sind gut dabei gefahren. Oder bist du anderer Meinung?«

»Ja, Bauer, ich sehe das in der Tat ein bisschen anders. Was auch immer damals geschehen sein mag, keiner von den heutigen Bewohnern von Laubers war an der Bluttat beteiligt. Die Bäuerin vom Breitingerhof und all ihre Leute sind ebenso unschuldig daran wie die Leute vom Wildgruberhof. Ich kann eigentlich nicht einsehen, warum man sich völlig grundlos den Rücken kehrt, wo doch gerade bei einem einsam gelegenen Hof wie dem unseren der nächste Nachbar so wichtig sein kann, wenn man doch einmal Hilfe braucht. Oder hat die Bäuerin drüben je einmal einen Vorwurf oder eine Anklage gegen die jetzigen Leute vom Wildgruberhof verlauten lassen, gegen Menschen, die in der Sache von damals völlig unschuldig sind?«

»Natürlich nicht! Die Bäuerin hatte kein schönes Leben mit dem Breitinger. Sein Tod war für sie kein Unglück!«, warf der Bauer schroff ein.

»Sie hätte sich aber trotzdem an der Hetze beteiligen können, die im Dorf herumging. Sie hat es nicht getan, und dafür verdient sie Achtung! Wenn einmal ein Anfang gemacht wäre, würden schnell wieder ganz normale nachbarschaftliche Beziehungen zwischen uns und dem Breitingerhof entstehen. Man würde sich nicht mehr aus dem Weg gehen, man würde sich wieder grüßen, ein paar Worte sprechen, und dieser Frieden würde sich über kurz oder lang ebenfalls auf das Dorf übertragen.«

»Dazu wird es nie kommen, solange das Sühnekreuz droben über dem Eichgraben steht!«

»Das Kreuz ist aus Stein und kann sich nicht verändern, aber die Herzen der Menschen können sich wandeln. Die Schuld ist gesühnt, und die Erinnerung an die Gewalttat muss nicht länger Feindschaft nach sich ziehen. Das ist meine Meinung, und darum habe ich dem alten Vitus drüben versprochen, dass ich zum Erntetanz kommen werde.«

»Gut, dann geh! Du weißt ohnehin, dass es auf dem Wildgruberhof einen Mörder gab. Aufhetzen kann man dich schließlich nicht mehr deswegen.«

»Ich danke schön, Bauer, für die Erlaubnis! Aber ich habe noch eine weitere Bitte. Schließlich bin ich nur ein einfacher Arbeiter, und alleine werde ich die nachbarschaftlichen Beziehungen kaum verbessern können. Darum bin ich der Meinung, dass Sara auch mitgehen sollte.«

Ambros Wildgruber fuhr in die Höhe. »Bist du verrückt geworden?«

»Im Gegenteil, ich habe mir noch nie eine Sache so gründlich überlegt wie gerade diese. Ich sage ja, dass ich nur ein Arbeiter bin, dem nicht viel Bedeutung zukommt. Sara aber ist hier die Tochter des Hauses. Wenn sie heute mit zum Breitingerhof käme, dann wäre ein Grundstein gelegt für ein künftiges Einvernehmen unter Nachbarn, wie es anderswo selbstverständlich ist und auch zwischen dem Wildgruber- und dem Breitingerhof wieder möglich sein könnte.«

»Wer sagt denn, dass ich mit ihnen ins Einvernehmen kommen will?«, fuhr der Bauer auf.

»Ach so! Das ist natürlich etwas anderes! Dann vermute ich, dass Sie den Wildgruberhof mit voller Absicht in seinem schlechten Ruf belassen möchten. Warum wohl das? Damit Valentin Wildgruber, falls er noch lebt und sich frei bewegen kann, die Heimkehr möglichst schwer oder gar unmöglich gemacht wird?«

»Was redest du da? Wie kommst du dazu, mir solche Unterstellungen ins Gesicht zu sagen?«, empörte sich der Bauer.

»Gott bewahre! Ich will nichts unterstellen, ganz ehrlich. Ich suche lediglich nach den Gründen für Ihre Weigerung, ein besseres Einvernehmen mit den Nachbarn zu finden. Ich begreife Ihre Gründe nämlich einfach nicht. Ich habe viel zu viel Achtung vor Ihnen, Bauer, um mir bei Ihnen eine solch niedrige Gesinnung vorstellen zu können, wie Sie sie notwendig haben müssten, um die Gründe zu haben, die ich gerade genannt habe. Ich wäre ganz sicher nicht so lange auf dem Wildgruberhof geblieben, hätte ich Anlass gehabt, an seinem Besitzer dergleichen festzustellen.«

Ambros Wildgruber wanderte unsicher in der geräumigen Stube auf und ab. Seine Stirn war gefurcht, sein Gesicht düster.

»Ich habe versucht, Sara von allem fern zu halten, was ihrem Gemüt nichts nützen, aber sicher schaden konnte. Wenn sie schon ihrer Mutter äußerlich wie aus dem Gesicht geschnitten ist, dann hat sie auch die gleiche Fähigkeit, Unruhe und

Unfrieden zu stiften. Es soll zu keinem zweiten solchen Unglück kommen. Wer garantiert mir, dass sie von keinem Spötter wegen ihrer Abkunft angepöbelt wird? Ihre Mutter war eine Zigeunerin, und wozu das führte, haben wir erlebt. Sara ist ihre Tochter, also ebenfalls eine Zigeunerin. Was du mir gesagt hast, ist ja alles schön und recht und sicher auch gut gemeint. Ich bin dir auch nicht böse, wenn du heute zu Breitingers gehst. Es ist dein gutes Recht, auch einmal unter jungen Leuten zu sein. Aber für Sara ist das nicht das Richtige, das kannst du mir glauben!«

»Ich möchte das Gegenteil beweisen, und genau darum sollte Sara heute auf dem Breitingerhof dabei sein, Bauer. Ich gebe Ihnen mein Ehrenwort, dass ich sofort mit ihr zurückkehre, wenn auch nur ein einziges unbotmäßiges Wort in ihrer Gegenwart fallen sollte!«

Der Bauer starrte ihn eine Weile aus forschenden Augen an. »Mein lieber Ferdl, höre ich da nicht einen allzu großen Eifer heraus?«, sagte er schließlich halb amüsiert, aber mit warnendem Unterton. »Mach mich jetzt nicht unglücklich, indem du mir gestehst, dass du in das Mädchen verliebt bist. So ungern ich dich verlieren würde, aber dann müsste ich dir doch sagen, dass du sofort das Haus verlassen musst.«

Das war deutlich, aber Ferdinand ließ sich nichts anmerken. »Ich werde mich selbstverständlich an die Hausordnung halten, Bauer, denn ich will auf jeden Fall im Wildgruberhof überwintern.«

»Es soll mir recht sein!«

»Es ist mir nämlich noch nirgends so gut gegangen wie hier, und dass ich die Schatten von diesem

Haus vertreibe, soll auch ein Zeichen meiner Dankbarkeit dafür sein! Es tut mir Leid, Bauer, dass Sie nicht mehr Vertrauen zu mir haben. Ich habe keine zweideutige Absicht und wollte nur für alle das Beste. Nichts für ungut und – gute Nacht!«

»Warte!«, befahl der Bauer und überlegte. Dann ging er zur Tür, öffnete sie einen Spalt und rief Sara herbei, die noch in der Küche war. Sie kam halb erschrocken, halb verwundert herbeigelaufen.

»Mach dich fertig! Bei Breitingers drüben ist Erntetanz. Du kannst mit dem Ferdl hingehen.«

Sara musste sich erst von ihrer Bestürzung erholen, sie schaute von Gesicht zu Gesicht und schüttelte den Kopf. »Nein.«

»Du willst nicht?«

»Was soll ich dort? Ich kann nicht einmal tanzen!«

»Der Ferdl meint, dass es gut sei, wenn du ... Nun ja, wenn du nicht willst, befehlen kann ich es nicht.«

Ferdinand hatte mit ihr einen raschen, heimlichen Blick gewechselt.

Sie zögerte. »Was würden denn die Breitingers dazu sagen?«

»Sie werden sich alle freuen, dich endlich einmal bei sich begrüßen zu dürfen!«, versicherte Ferdinand.

»Unsinn!«, murrte der Bauer. »Aber – meinetwegen ...«

»Ich danke Ihnen, Bauer!«, rief Ferdinand. »Wir kommen nicht zu spät heim.«

»Das will ich dir auch geraten haben«, knurrte Ambros Wildgruber und kehrte zu seiner Arbeit zurück.

Martha half Sara, die sofort ihre Arbeit stehen ließ und auf der Stelle in ihre Kammer eilte, um sich fertig zu machen.

»Wie er das nun wieder fertig gebracht hat?«, sagte die Haushälterin.

»Ich weiß es nicht, Martha.«

»Dann freu dich doch wenigstens!«

»Ich weiß nicht, ob ich mich freuen kann. Vielleicht lassen sie mich gar nicht herein?«

»Ach was, das ist doch Unsinn!«

Sie neigte sich ans Ohr des Mädchens und flüsterte: »Dann freu dich wenigstens auf ihn!«

»Du bist ja eine richtige Kupplerin, Martha!«, lachte Sara.

»Die brauchst du auch, und ich kann's vor mir selbst verantworten.«

Sara trug ein schmuckes Dirndlkleid mit farbenfroher Schürze, eine weiße Bluse mit pludrigen Puffärmeln und weiße Strümpfe. In das schwarze Haar drückte ihr die Martha einen Ährenkranz, den sie aus ihrer Jugend noch hatte und im Schrank aufbewahrte. Das Mädchen sah allerliebst aus. Die Wangen röteten sich vor Erwartung, und dennoch war immer noch etwas Angst in ihren schwarzen Augen.

Ferdinand wartete vor der Haustür auf sie. Es war schon dunkel geworden, so dass er sie nicht mehr so recht betrachten konnte. Außerdem stand der Bauer bei ihm. Er wagte deshalb nicht, ihr ein Kompliment zu machen.

»Martha, richte einen Räucherschinken in den Korb«, ordnete Ambros Wildgruber an. »Der Ferdl nimmt ein Fässchen Bier mit! Die anderen Gäste werden auch etwas mitbringen, und vom Wildgruberhof kann man dann auch nicht mit leeren Händen kommen!«

So geschah es. Sara trug den Korb, Ferdinand schleppte das Bier. Im einsamen Kreuztal hielt man noch gerne an den alten Bräuchen fest. Dazu zählte auch der Erntetanz. In einigen größeren Gehöften wurde die Tenne ausgeräumt, im Hintergrund Tische und Bänke aufgestellt und im Vordergrund eine Tanzfläche geschaffen. Das sollte auch ein Dank an die Erntehelfer sein, dass die Bauern ihnen ein paar vergnügte Stunden bei Spiel und Tanz, bei würzigen Speisen und kräftigem Trunk bereiteten. Die Ernte war gut eingebracht, die Scheunen waren gefüllt. Und der Erntetanz war ein Ausdruck der Freude darüber.

Die Leute von den Höfen, die nicht selbst eine Feier ausrichteten, kamen zu denen, wo gefeiert wurde, und ihre Bauern gaben ihnen als Beitrag zum Fest reichlich Rauchfleisch, Brot und Getränke mit, so dass die Mengen davon oft kaum bewältigt werden konnten. Die Hauptsache jedoch war, besonders für die Jüngeren, der Tanz und die Begegnung mit den anderen, die man sonst nicht so oft sah. Wer ein Mädchen hatte, brachte es mit, und wer keines hatte, der konnte die Gelegenheit nutzen, mit einem anzubandeln, und viele Ehen wurden gerade durch diese Feste gestiftet.

Die Alten saßen an den Tischen, schauten dem Treiben der Jungen neidlos zu und hielten sich bei Speise und Trank schadlos.

Der Umtrieb dauerte jeweils bis über Mitternacht hinaus an und wurde zunehmend lauter, je weiter die Vernichtung des gestifteten Alkohols fortgeschritten war.

Auch in der Tenne Breitingers hatte sich eine recht zahlreiche Schar tanzlustiger junger Leute eingefunden. Sie waren teils aus dem Dorf, teils aus der umliegenden Verwandtschaft und Bekanntschaft gekommen. Der alte Vitus machte den Schankkellner, die Bäuerin verteilte den Schmaus. Der Tanz hatte noch nicht begonnen, aber die Musikanten saßen schon bereit.

Vom Gebälk her leuchteten ein paar Glühbirnen, ihr Schein geisterte über die Heubühnen und warf gespenstische Schatten.

Sara verließ plötzlich aller Mut, als sie sich der jungen, fröhlichen Gesellschaft gegenübersah. Wäre es nicht wegen der Blamage gewesen, wäre sie am Tor doch noch umgekehrt, um wieder zurückzulaufen in die stille, aber wohlbehütete Atmosphäre ihres Hauses.

Sie sah, wie ihnen die Leute entgegenschauten, und es schien ihr, sie dächten, dass sie ganz zu Unrecht hier erschienen sei. Man konnte deutlich spüren, wie die laute Unterhaltung bei ihrer Ankunft auf einen Schlag abgeebbt war.

»Warte hier!«, flüsterte Ferdinand ihr zu, ging dann geradewegs zum Schankbock und schlug dem alten Vitus die Hand auf die Schulter.

Dieser wandte sich nach ihm um und lachte ihm gutmütig ins Gesicht. »Bist du gekommen? Das ist recht!«

»Und das Bier hier schickt unser Bauer.«

»Du machst Witze!«

»Nein, ganz im Ernst!«

»Du bist schon ein Teufelskerl!«

»Ich habe die Sara mitgebracht, Vitus. Sag es deiner Bäuerin.«

»Das ist doch nicht zu fassen! Wie hast du denn das fertig gebracht?«, rief der Alte verdutzt und schaute sich nach Sara um.

Sie stand noch draußen vor dem Tor und hatte sich etwas zurückgezogen, um nicht den Blicken ausgesetzt zu sein.

»Leute!«, schrie der alte Vitus in die lärmende Menge. »Ruhe, ich will etwas sagen! Das da ist der Ferdl vom Wildgruberhof, für diejenigen, die ihn noch nicht kennen sollten! Ich sage euch, der ist ein Pfundskerl, der uns alle, wie wir da sind, in die Tasche steckt!«

Darauf erfolgte eine Lachsalve.

Ferdinand ergriff einen Krug und prostete der Gesellschaft zu. Damit hatte er auch schon gewonnen. Von überall her wurden ihm die Krüge entgegengestreckt, und es kamen neckende Zurufe, die er schlagfertig beantwortete.

Inzwischen hatte Vitus die Bäuerin unterrichtet. Sie kam auf Ferdinand zu.

»Du sagst, dein Bauer schickt Bier und Fleisch?«, fragte sie zweifelnd.

»So ist es, Bäuerin.«

»Kann man das wirklich glauben?«

»Wenn nicht, müsste ich es ja gestohlen haben! Sehe ich denn so aus?«

Die Bäuerin, eine kräftige ältere Frau mit einem gutmütigen Gesicht, lachte herzlich.

»Außerdem habe ich eine Zeugin bei mir, die es bestätigen kann«, fuhr Ferdinand fort.

»Ich weiß, die Sara. Es ist kaum zu glauben! Ist sie dein Mädchen?«

Sie zwinkerte ihm viel sagend zu.

»Sie ist meine Bäuerin«, sagte Ferdinand.

»Du wirst mir erlauben, dass ich sie mit mir ins Haus nehme?«

»Ich habe da nichts zu erlauben, Bäuerin, vielleicht nur zu bitten, sie nicht zu lange festzuhalten; schließlich wollen wir auch tanzen.«

»Wenn dir's zu lang dauert, musst du sie halt holen.«

»Ich bin so frei!«

Ferdinand beobachtete noch, wie die Bäuerin auf Sara zuging, ihr den Korb aus der Hand nahm und ihn an eine andere Frau weitergab, die ihn zu den anderen aufgetischten Leckerbissen stellte. Dann sprach sie eine Weile mit ihr, und schließlich gingen sie zusammen hinüber ins Haus.

Ferdinand frohlockte. Er hatte erreicht, was er wollte. Sara musste zu etwas mehr Selbstvertrauen verholfen werden. Es hatte sich nun ja erfreulicherweise gezeigt, dass die Nachbarin ihr gegenüber keine Vorbehalte hatte. Dass würde nicht nur Sara ermutigen, sondern auch Einfluss auf das Verhalten anderer ihr gegenüber haben.

Die Musik setzte ein, und sofort ging der Tanz los. Die Burschen schwangen ihre Mädchen herum, dass die Röcke flogen.

»Komm! Wollen wir?«, rief Ferdinand einem Mädchen zu, das eben bei ihm vorbeikam.

Es war eine der jungen Erntehelferinnen vom Breitingerhof. Übermütig in seiner Freude drehte er sich wie ein Wirbel über den Tennenboden, packte seine Partnerin bei den Hüften, warf sie in die Höhe und fing sie geschickt auf.

Er merkte nicht, dass er bereits eine Menge Zuschauer hatte, und als der Tanz zu Ende war, klatschte man dem Paar lauten Beifall.

Das Mädchen rang nach Atem, lachte ein wenig verschämt und bekam einen knallroten Kopf. Es wusste wohl nicht so recht, wie es zu diesem wilden Tänzer gekommen war. Die Musik spielte, was die Instrumente an Lautstärke hergaben. Der Boden dröhnte unter dem Getrampel der Tänzer. Juchzer wurden ausgestoßen, Lachen und Rufe erschollen. Später saß Ferdinand mit dem alten Vitus an einem der wackeligen Tische. Sie tranken sich zu und schauten auf das fröhliche Treiben der Menschen.

»Ich freue mich, dass ihr gekommen seid!«, sagte der alte Mann.

»Ich auch!«, erwiderte Ferdinand.

»Wie hast du das nur fertig gebracht, dass Sara zu uns kommen durfte? Ich hätte es nicht für möglich gehalten, dass der Wildgruber damit einverstanden ist.«

»Man muss die Menschen nur an der richtigen Stelle zu fassen bekommen, Vitus.«

»Sie hat unser Haus noch nie betreten!«

»Ich weiß.«

»Und jetzt sitzt sie bei der Bäuerin in der Stube. Das gibt wirklich einmal ein bisschen Hoffnung für die Zukunft. Einmal muss es doch ein Ende haben mit dieser Feindschaft, für die es überhaupt keinen Grund gibt, jedenfalls nach so langer Zeit nicht mehr!«

»Das denke ich auch.«

»Ich glaube, du bringst sogar den Bauern selbst noch so weit, dass er wieder mit uns redet!«

»Mal sehen, Vitus!«

Der alte Knecht hob den Krug: »Prost, Spezi! Auf gute Nachbarschaft!«

»Prost!«

In der Ecke saß ganz allein der Wenzel. Er schaufelte sich das Essen in den Mund und schob nach, bis nichts mehr Platz hatte. Er genoss das Fest auf seine Art. Sein Krug war längst ausgetrunken, aber Vitus schien die Getränke bei ihm zu rationieren.

Ferdinand ließ Wenzel nicht aus den Augen. Er studierte sein Gesicht und jede Bewegung, die er machte. Eigentlich war er ja zu bedauern, der arme Tropf. Aber er wusste wohl selbst nicht, dass er arm dran war, er spürte gar nicht, dass ihm etwas fehlte, was für andere selbstverständlich war. Ab und zu rief ihm dann doch einer ein freundliches Wort zu, worauf sein Mund sich jedes Mal zu einem breiten Lachen verzog.

Kein Zweifel, Wenzel war ein harmloser, gutmütiger Kerl. Doch seit ein paar Tagen dachte Ferdinand darüber nach, ob er dennoch zum Mörder des Breitingerbauern, seines einstigen Peinigers geworden sein könnte? Und wenn ja, wie konnte man das herausfinden? Diese Fragen beschäftigten Ferdinand, während er sich mit Vitus unterhielt und dabei immer wieder zu Wenzel hinüberschaute.

Ferdinand tanzte wieder ein paar Runden und holte bald dieses, bald jenes Mädchen, dem er anmerkte, dass es darauf wartete. Nebenbei schaute er eifrig nach Sara aus, die immer noch nicht zu sehen war. Die Bäuerin hatte mit ihr wohl vieles zu bereden.

Als er nach einer Weile entdeckte, dass der Platz, auf dem der Wenzel gesessen hatte, leer war, erkannte er eine Gelegenheit, alleine mit ihm sprechen zu können. Nach dem Tanz stahl er sich aus der Tenne und schaute sich draußen um.

Es war jetzt tiefe Nacht. Hell schimmerte ihm das Licht von den Stubenfenstern entgegen. Langsam ging er an der Mauer des Hauses entlang. Hinter ihm war der Lärm und das Getöse der tanzlustigen Leute.

An einem Gebüsch nur wenige Schritte vom Haus entfernt sah er eine dunkle Gestalt stehen, die offensichtlich gerade einem menschlichen Bedürfnis nachgekommen war. Als diese sich schließlich umdrehte und zum Haus zurückgehen wollte, trat Ferdinand auf sie zu und erkannte Wenzel.

Ferdinand sprach ihn an. »Hast du Zeit, mit mir etwas zu bereden?«

»Was denn?«

»Du weißt doch, wer ich bin, oder?«

Wenzel nickte. »Du arbeitest beim Nachbarhof.«

»Richtig, ich arbeite auf dem Wildgruberhof. Dort ist Ambros Wildgruber der Bauer. Erinnerst du dich noch an den früheren Bauern? Er heißt Valentin Wildgruber.«

Wenzel runzelte die Stirne und schien angestrengt nachzudenken. Plötzlich leuchtete es in seinem Gesicht auf. »Freilich erinnere ich mich. Der ist aber schon lange fort!«

»Weißt du, wo er hingegangen ist?«

»Der ist im Gefängnis.«

»Und warum?«

»Er hat unseren Bauern totgeschlagen!«

»Warst du traurig, weil euer Bauer tot war?«

Wenzels Gesicht verfinsterte sich, während er angestrengt über diese Frage nachdachte. Doch er schwieg.

»Dein Bauer war kein freundlicher Mann, nicht wahr, Wenzel?«

Wenzel nickte langsam, ohne ein Wort zu sagen.

»Du warst dann wohl sicher nicht traurig. Vielleicht hast du dich sogar gefreut? Das kann man ja verstehen. Aber sagen darf man das natürlich nicht, oder? Sonst schimpfen die Leute und sind böse, weil sich das nicht gehört.«

Wenzel nickte nun heftig und wirkte erleichtert, dass Ferdinand seine verworrenen Gedanken so gut in Worte gefasst hatte.

»Der Bauer war böse. Er hat mich immer geschlagen«, rang er sich schließlich ab. »Ich war froh, als er nur noch still dalag und nicht mehr schreien und mich schlagen konnte.«

Ferdinand horchte auf.

»Wo war das denn, wo er gelegen ist, dein Bauer?«

Wenzel schwieg und schien nachzudenken.

Ferdinand wartete geduldig, und seine Geduld schien belohnt zu werden, denn schließlich öffnete Wenzel den Mund, um etwas zu sagen. Doch im selben Moment kamen drei fröhlich lachende und sich lautstark unterhaltende junge Männer aus dem Haus.

Die Gelegenheit, Wenzel zu befragen, war vorbei, denn niemand sollte vorläufig erfahren, was er mit diesem zu besprechen hatte.

Ferdinand schlug ihm kameradschaftlich auf die Schulter und meinte: »Weißt du was, Wenzel? Du kannst mir die Stelle einmal zeigen, aber nicht jetzt in der Nacht, wenn man gar nichts sehen kann. Komm, wir gehen lieber wieder hinein, denn mir wird es langsam kalt hier draußen! Soll ich den Vitus überreden, dass er dir noch ein Bier gibt?«

Wenzel nickte und strahlte Ferdinand an.

Gemeinsam gingen sie ins Haus und betraten die beleuchtete Tenne. Ferdinand ergriff zwei Krüge und streckte sie dem Vitus hin. »Schenk ein! Wir wollen Brüderschaft trinken, der Wenzel und ich!«

Der alte Knecht starrte ihn verständnislos an, tat ihm dann aber den Gefallen.

»Prost, Wenzel!«, rief Ferdinand und führte den Krug an den Mund.

Der Wenzel trank ihn so hastig auf einmal aus, dass ihm ein beträchtlicher Teil aus den Mundwinkeln rann und zu Boden tropfte. Aber Ferdinand lachte ihm aufmunternd zu und klopfte ihm wohlwollend auf die Schulter.

»Mach ihn bloß nicht besoffen!«, warnte Vitus. »Er säuft nämlich wie ein Ochse, wenn man ihn lässt.«

»Ach so! Das habe ich nicht gewusst. Ich wollte ihm nur eine Freude machen«, bedauerte Ferdinand und ging, um nach Sara zu sehen.

Die Bäuerin und Sara saßen noch immer beisammen. »Jetzt kommt er!«, rief die Breitingerin gut gelaunt. Sara lachte ihm glücklich zu. Sie schien sich beim Gespräch mit der Nachbarin sehr wohl zu fühlen.

»Wir hatten so viel zu schwatzen, dass wir gar nicht mehr an die Zeit gedacht haben«, fuhr die Bäuerin fort, als wollte sie sich entschuldigen. »Die Musik hat schon aufgehört, also habe ich dich um dein wohlverdientes Tanzvergnügen gebracht, Sara. Das tut mir Leid.«

»Das macht nichts«, versicherte Sara. »Ich kann doch überhaupt nicht tanzen.«

»Dazu wäre es jetzt auch schon zu spät«, sagte Ferdinand mit einem Blick auf die Uhr.

»Ihr wollt doch nicht schon heimgehen?«, fragte die Bäuerin bedauernd.

»Doch, leider müssen wir jetzt los. Wir dürfen die Polizeistunde nicht überschreiten, sonst war es das erste und letzte Mal, dass der Bauer mir Sara anvertraut hat«, erwiderte Ferdinand.

Die Bäuerin lachte. »Du meinst, dass euer Bauer auf die Uhr schaut?«

»Das tut er mit Sicherheit.«

Sie verabschiedeten sich und dankten für die Gastfreundlichkeit.

»Kommt bald einmal wieder!«, sagte die Bäuerin.

Sie gingen nicht mehr zur Tenne zurück, sondern gleich zum Hof hinaus.

Sara konnte die Warmherzigkeit der Bäuerin nicht genug rühmen. Sie erzählte, worüber sie geredet hatten, über die Wirtschaft, das Hauswesen, die täglichen Arbeiten auf einem Bauernhof und dergleichen harmlose Themen.

»Nichts hat sie mir nachgetragen aus der unseligen Vergangenheit. Kein Wort ist darüber gefallen.«

»Warum sollte sie auch?«

»Nur einmal hat sie gefragt, ob wir denn gar nichts über den Vater wüssten, und sie hat gemeint, man sollte nach ihm suchen.«

»Der Meinung bin ich auch, Sara.«

»Man müsste den Bauern irgendwie dazu überreden.«

»Überlass das nur mir, Sara. Man sollte nichts überstürzen bei unserem Bauern. Immerhin, heute warst du schon einmal auf dem Breitingerhof und hast mit der Bäuerin geredet. Das ist doch ein Anfang!«

Sie tat einen Seufzer der Erleichterung. »Ich bin so froh, dass du das zuwege gebracht hast – und zuerst hatte ich so viel Angst davor!«

Als sie das Haus betraten, stand Ambros Wildgruber unter der Stubentür. Das Licht fiel ihm in den Rücken, deshalb konnten sie seinen Gesichtsausdruck nicht erkennen.

»Wir sind da, Bauer«, sagte Ferdinand gut gelaunt. »Es hat alles geklappt.«

»Was hat geklappt?«, fragte Ambros Wildgruber rau. »Ich wollte es eigentlich gar nicht haben, und es soll auch nicht noch einmal vorkommen! Man rührt den alten Schlamm nicht auf! – Und damit ist Schluss! – Gute Nacht!«

Er trat in die Stube zurück und warf die Tür zu.

Sara stand verblüfft da.

Ferdinand knipste das Stiegenlicht an.

»Was meint er?«, flüsterte das Mädchen verwirrt.

»Dass nun Schluss sei, und da hat er Recht, denn es kommt wirklich der Schluss!«

Er hielt den Finger an den Mund und lächelte ihr beruhigend zu. »Schlaf gut!«

Ehe sie noch eine Frage stellen konnte, ging er die Stiege hinauf. Seine Schritte verloren sich auf dem Söller.

7

Der Knecht Ferdinand Faustner hütete seine Geheimnisse nach wie vor sorgfältig. Nicht nur vor dem Bauern, der nicht wissen durfte, dass sein Herz in Liebe für Sara schlug, oder vor der Martha, die ihn für einen wackeren Bundesgenossen hielt und ihm alle ihre Sorgen und Befürchtungen anvertraute, auch vor Sara selbst verbarg er immer noch seine wahre Absicht.

Als die Tage immer kürzer wurden und es bereits tiefe Nacht war, wenn die Milch zur Dorfmolkerei gekarrt wurde, übernahm Ferdinand diese Aufgabe. Im Sommer machten Sara oder die Martha diese Arbeit, wer von den beiden eben gerade am besten Zeit hatte.

Jetzt war draußen nicht mehr viel zu tun, man konnte früh Feierabend machen, und so war es für Ferdinand eine willkommene Abwechslung, die Milch über die Höhen vom Eichgraben ins Dorf zu bringen. Er lernte dabei die Leute kennen, Burschen und Mädchen, die ebenfalls um diese Zeit zur Molkerei kamen und dann noch eine Weile schwatzend und lachend auf dem Vorplatz beisammenstanden. Es gab immer etwas zu erzählen und zu erfahren, oder man alberte einfach ein bisschen herum.

Ferdinand gesellte sich dazu, erzählte ein paar Witze, dass die Zuhörer sich vor Lachen bogen, und verschaffte sich rasch Sympathie unter den jungen Leuten.

Der Name »Ferdl« war bald allen ein Begriff.

Auch der Wenzel brachte am Abend den Milchkarren zur Molkerei. Stur bahnte er sich den Weg, drängte alles beiseite, was sich ihm entgegenstellte, als wäre er allein auf der Welt.

»He! Wenzel!«, schrie ein Bursche ihn einmal an, der von ihm mit einem derben Rippenstoß beiseite gerempelt worden war. »Fahr doch die Leute nicht einfach zusammen!«

»Sei bloß brav, sonst kommst du ins Brechelhaus!«, rief ein anderer lachend.

Dieses Wort schien bei Wenzel einen heillosen Schrecken auszulösen.

Eine Weile starrte er den Sprecher mit flackernden Blicken an, dann ging er mit einem knurrenden Laut auf ihn los. Er wurde von den anderen sofort gepackt und zurückgerissen. Sie hatten alle Mühe, ihn festzuhalten. Die Mädchen hatten sich sicherheitshalber sofort davongemacht, und die Burschen waren verdutzt.

»Was hat er denn auf einmal?«, fragte einer. »So ist er doch sonst nicht?«

Der Wenzel keuchte und versuchte vergeblich, sich zu befreien.

»Lasst ihn!«, sagte Ferdinand und näherte sich dem Wenzel. Er hob den Hut auf, der ihm vom Kopf gefallen war, und drückte ihn ihm in die Stirn. »Wenzel, es tut dir doch niemand etwas. Schau, das sind doch alles deine Freunde, oder nicht? Und wenn dir einmal jemand etwas tun will, dann helfe ich dir. Wir sind doch Nachbarn und müssen zusammenhalten. Oder nicht?«

Der Wenzel glotzte ihn unsicher an. Doch schließlich schien er sich zu beruhigen, und man ließ ihn los. Als Ferdinand ihm begütigend auf die Schulter klopfte, wandte er sich schließlich seinem Karren zu und trottete davon. Ratlos sahen die anderen ihm nach.

»Was war denn das mit dem Brechelhaus?«, fragte Ferdinand. »Was kann ihn denn daran so durcheinandergebracht haben?«

»Bedenke, dass er ja nicht mehr Verstand als ein Fünfjähriger hat. Man sagt das eben so bei uns, wenn einer nicht parieren will: ›Pass auf, sonst kommst du ins Brechelhaus.‹ Unsere Mütter haben uns oft damit gedroht, wenn wir etwas angestellt haben.«

»Gibt's denn noch ein Brechelhaus bei euch?«, fragte Ferdinand.

»Das Haus ist schon noch da, aber es fällt langsam zusammen. Es wird ja schon lange kein Flachs mehr gebrochen.«

»Ah, sieh an, das Haus ist mir noch nie aufgefallen. Wo steht es denn?«

»Gleich hinter dem Eichgraben. Es liegt in einer Mulde und ist von hohen Büschen umgeben. Vom Weg aus kann man es nicht sehen.«

Langsam leerte sich der Platz, einer nach dem anderen machte sich nun auf den Heimweg. Auch Ferdinand ging.

»Pass nur auf, dass der Wenzel dich nicht im Eichgraben abpasst!«, rief ihm ein Mädchen zu, die gleichzeitig mit ihm den Platz verließ.

»Ich danke recht schön für deine Besorgtheit!«, scherzte Ferdinand. »Aber der Wenzel und ich, wir sind gute Freunde, und er tut mir nichts!«

»Du könntest dich auch ab und zu einmal im Dorf sehen lassen«, meinte sie. »Damit man sich kennen lernen kann. Oder hat es dir gar deine Zigeunerin angetan?«

»Ganz richtig. Du bist schlauer, als du ausschaust, muss ich sagen!«

»Kunststück, ich hab ja gesehen, wie du mit ihr beim Erntetanz zum Breitinger angekommen bist!«

»Da schau einer an! Du bist also auch dort gewesen?«

»Deine Haare sind auch länger als dein Gedächtnis, denn du hast sogar mit mir getanzt!«

»Und warst du mit mir zufrieden?«

»Es wäre gelogen, wenn ich Nein sagen würde.«

»Du hast schon recht, bleib nur immer bei der Wahrheit!«

Ihre Wege gingen jetzt auseinander.

»Ich bin auf dem Halderhof«, sagte sie.

»Ich werde es mir merken. Servus!«

Ferdinand wanderte zum Dorf hinaus.

Über den föhnklaren Himmel zogen vereinzelte Wolken. Der Mond war hinter dem Gebirge heraufgekommen und hing so groß und nah in der Nacht, als wäre er eine Lampe, nach der man nur zu greifen brauchte. Fast taghell, aber mit gespenstisch bleichem Schimmer fiel sein Licht auf die hügelige Landschaft. Jede Erhebung der Erde, jeder Baum warf einen schwarzen Schatten. Auf den Wäldern lag ein silbriger Glanz. Aus der Niederung kam das Rauschen der Ach. Raschelnd stoben im leichten Wind dürre Blätter über den Weg.

Die Geschichte mit dem Wenzel ging Ferdinand nicht aus dem Kopf. Was hatte es mit seiner Angst vor dem Brechelhaus auf sich?

Beim hellen Mondlicht vermochte Ferdinand weit auf seinen Weg vorauszuschauen. Jede Krümmung der Straße, jeden Baum erkannte er von weitem.

Die Fahrspuren waren mit grobem Schottergestein eingekiest. Das Rollen von Rädern war weithin hörbar. Aber vom Karren Wenzels hörte er nichts mehr, auch wenn er einmal stehen blieb und aufmerksam in die Nacht horchte.

Er war also ein gutes Stück voraus.

Schwarz und unheimlich ragte droben auf dem Hügel das steinerne Sühnekreuz in die helle Mondnacht. Durch das Gebüsch raunte der Wind.

Ferdinand blieb stehen und schaute aufmerksam um sich. Irgendwo musste hier ein Weg erkennbar sein, der zu diesem Brechelhaus führte, von dessen Existenz er heute zum ersten Mal gehört hatte. Schließlich entdeckte er ihn; er war von Büschen und Wildgestrüpp so zugewachsen, dass er bislang immer achtlos daran vorbeigegangen war.

Wann hatte man wohl zum letzten Male hier Flachs gebrochen? Das war wohl schon mindestens ein Menschenalter her, dass die Bauern ihre Mägde zum Brechelbad schickten, wo sie in Gemeinschaftsarbeit den Flachs dämpften, hechelten und schwangen.

Aber das Brechelhaus war noch da, wie er feststellen konnte, als er sich durch das Gestrüpp einen Weg bahnte, eine verfallene Hütte mit eingestürztem Dach und Kamin. Nur das dicke Gemäuer stand noch und trotzte hohläugig dem Verfall durch Zeit und Verwitterung.

Ferdinand fand es in der Mulde, wie man ihm im Dorf gesagt hatte. Er sah die morsche Tür und das schwarze Loch in der Mauer, das wohl einmal ein Fenster gewesen war. Das Glas war herausgefallen, der Kreuzstock eingebrochen. Nur zwei dicke, schwere Eisenstäbe steckten noch im Gemäuer.

Im Winter nistete sich in dem verfallenen Gebäude wohl allerlei Getier ein. Das fahle Mondlicht ließ es heute recht unheimlich erscheinen. Trotzdem näherte sich Ferdinand der Hütte.

Er stand vor dem schwarzen Fensterloch, griff nach der massiven, gusseisernen Gitterstange und versuchte einen Blick in das Innere des alten Brechelhauses zu werfen.

Aber daraus schaute ihm nur eine rabenschwarze Nacht entgegen.

Er beschloss, sich das Ding einmal bei Tage anzuschauen. Merkwürdig war immerhin, dass das alte Mauerwerk so nah am Eichgraben lag, nicht weit von der Stelle, wo das Sühnekreuz für den erschlagenen Breitinger stand. Vielleicht bestand da ja ein Zusammenhang.

Hier konnte der Täter sich zum Beispiel versteckt gehalten haben. Oder er hatte im Gerümpel der verlassenen Stätte sogar das Mordwerkzeug gefunden, irgendeinen schweren, eisenharten Gegenstand, womit sich der Schädel eines Menschen zertrümmern ließ.

Vielleicht etwas wie diese Stange, die im Gemäuer steckte?

Ferdinand versuchte sie herauszuziehen und stellte fest, dass sie sich in den bröckelnden Steinen drehen ließ, also nur noch locker in der zerbrochenen Fuge saß.

Ein kurzer Ruck, und er hielt die Stange in der Hand und wog sie. Ihr Gewicht war beträchtlich. Ja, mit einer solchen Stange konnte man zweifellos einen Menschen umbringen ...

Man hatte damals den Gegenstand nicht finden können, mit dem der Bauer Breitinger erschlagen worden war. Und Valentin Wildgruber hatte sich zwar schuldig bekannt, aber vorgegeben, sich nicht an Einzelheiten erinnern zu können. Er habe seine Tat in einer Art von Bewusstseinstrübung begangen.

So hatte er jedenfalls ausgesagt. Aber es stimmte nicht, davon war Ferdinand inzwischen überzeugt.

Sicher hatte man damals auch im alten Brechelbad nach dem Tatwerkzeug gesucht? Oder vielleicht doch nicht?

Mitten in sein Nachdenken hinein hörte er ein Rascheln hinter sich und drehte sich hastig um. Im geisterbleichen Mondlicht sah er eine menschliche Gestalt vor sich stehen. Es war der Wenzel.

»Was willst du denn hier?«, fragte dieser ihn neugierig.

»Und was willst du hier, Wenzel?«, gab Ferdinand zurück. »Ich jedenfalls war einfach neugierig, denn ich habe gar nicht gewusst, dass es hier ein Brechelhaus gibt. Das musste ich mir natürlich einmal anschauen. Ganz schön baufälliger Kasten, oder?«

»Was machst du mit der Stange da?«

Ferdinand wog das Eisen in der Hand. »Ich habe mir eben gedacht, wer eine so schwere Stange auf den Kopf bekommt, der rührt sich nicht mehr. Meinst du nicht auch?«

Wenzel sagte nichts und stand bewegungslos da.

»Aber ich bin ja schließlich ein friedlicher Mensch und will niemanden mit dem Ding da zusammenschlagen!«, sagte Ferdinand plötzlich und drückte die Stange zurück in die Mauerkerben.

»Komm, gehen wir heim! Man wird sicher schon auf dich warten.«

Mit diesen Worten trat Ferdinand den Heimweg an, und langsam trottete der Wenzel hinter ihm her.

Droben auf der Straße drehte Ferdinand sich nach ihm um. »Wo hast du denn deinen Karren?«

Der Wenzel streckte die Hand nach einem Baum aus. Dahinter stand der Karren.

»Na so was, den habe ich vorhin gar nicht gesehen. Hast du etwa hier auf mich gewartet?«

Keine Antwort.

»Vorhin hattest du Angst, als jemand vom Brechelhaus gesprochen hat. Aber jetzt bist du selbst hergekommen. Warum denn?«

Doch Wenzel schwieg immer noch.

»Ist dir vielleicht hier früher einmal etwas Schlimmes passiert? Na komm schon, du kannst es mir erzählen. Wir sind doch Freunde, oder?«

Doch aus Wenzel war kein Wort herauszubringen. Er ging zu seinem Karren und zog ihn hinter dem Baum hervor, ohne ein Wort zu sagen. Schweigend setzte er seinen Heimweg fort.

Ferdinand folgte ihm nachdenklich. Hatte das alte, verfallene Brechelhaus etwas mit dem Mord am Breitinger zu tun?

Schon bald nach dem Allerseelentag fiel der erste Schnee. Er verschwand jedoch schnell wieder und hinterließ auf den umgebrochenen Feldern eine klebrige, schlammige Feuchtigkeit, die bei dem andauernden Nebelwetter nicht mehr recht trocknen wollte. Die Bauern besuchten jetzt die Märkte, fuhren ihre Erzeugnisse in die Stadt und feilschten mit den Händlern.

Der Dorfwirt hatte an den Abenden und sogar auch an den Nachmittagen viele Gäste, denn man hatte jetzt Zeit, um am Biertisch Neuigkeiten auszutauschen oder sich über das Weltgeschehen und die Marktlage zu informieren.

Das gehörte zum Dorfleben und war nicht weniger wichtig als der Kirchgang am Sonntag. Man wollte nicht mit den Hühnern schon schlafen gehen, und wer es sich leisten konnte und wollte, der suchte sich auf diese Weise auch ein bisschen Unterhaltung.

Im Kreuztal war es in dieser Zeit noch einsamer als sonst.

Ambros Wildgruber fuhr mit Ferdinand zweimal in der Woche in die Stadt, sie lieferten Kartoffeln, Korn und Stroh in die Lagerhäuser.

Es wurde meist nicht viel gesprochen auf der langen Fahrt durch die neblige Landschaft, obwohl sie dicht beisammen auf der Zugmaschine saßen. Der Bauer schaute verschlossen vor sich hin und machte ein Gesicht, das so düster und unfreundlich war wie das Wetter. Ferdinand steuerte die Maschine und hing gleichfalls seinen Gedanken nach, die jedoch nicht ganz so düster zu sein schienen wie die seines Begleiters, denn um seinen Mund spielte manchmal ein Lächeln.

»Das alte Brechelhaus dort drüben habe ich erst vor kurzem entdeckt«, sagte er einmal, als sie über die Höhe des Eichgrabens fuhren. »Was für eine Ruine! Das hätte man längst schon ganz abreißen können.«

»Wozu? Es fällt im Laufe der Zeit doch von selbst zusammen«, knurrte der Bauer.

»Vielleicht in hundert Jahren, ja.«

»Es ist ja niemandem im Weg, also hat das ja keine Eile.«

»Und das Getier braucht auch einen Unterschlupf«, lachte Ferdinand.

»Mich kümmert's nicht«, sagte der Bauer.

»Ich war ziemlich überrascht, dass es dort ein Gebäude gibt. Von alleine hätte ich es sicher nie entdeckt, wenn nicht jemand im Dorf mir davon erzählt hätte. Da ich ein neugieriger Mensch bin, musste ich es mir natürlich sofort einmal aus der Nähe ansehen und darin herumstöbern.«

»So? Aber einen Schatz hast du dort wohl nicht gefunden, oder?«, meinte der Bauer und schmunzelte nun doch ein bisschen.

»Nein, leider. Vielleicht hätte ich sorgfältiger suchen müssen. Aber das Haus ist auch gar zu baufällig, man muss ja Angst haben, dass die Wände einstürzen und einen erschlagen. Das vordere Fenster besteht auch nur noch aus einem Loch mit Eisenstäben darin, die man ganz leicht ausbrechen kann. Eigentlich müssten es drei Eisenstäbe sein. Aber es sind nur noch zwei da, und der dritte fehlt. Vielleicht hat einer das Eisen brauchen können.«

»Kann schon sein, ich nicht.«

In der Stadt luden sie ihre Fuhren ab, stellten die Fahrzeuge in den Hof eines Wirtshauses und machten Mittag.

Ambros Wildgruber besorgte dann noch Einkäufe oder hatte noch andere Geschäfte abzuwickeln, und Ferdinand schlenderte inzwischen durch die Straßen und wartete die Heimfahrt ab.

Bei einer solchen Gelegenheit fiel ihm ein Schild an einem mehrstöckigen Haus am Kirchplatz auf. Beim Anblick des Namens stutzte er und blieb nachdenklich stehen. Schließlich drückte er kurz entschlossen auf einen Klingelknopf, und als der Türöffner surrte, trat er ein und stieg die breite Steintreppe zum Obergeschoss hinauf.

Dort wurde er von einer jungen, schick gekleideten Frau erwartet. An der geöffneten Tür befand sich ein großes, weißes Schild mit der Aufschrift: »Dr. Schwab, Anwaltskanzlei.«

»Bitte?«, fragte die junge Frau und schaute ein wenig abfällig auf die derbe Kleidung und das grobe Schuhwerk des Besuchers.

Er nahm den Hut ab und strich sich das Haar zurück. »Ich bin von auswärts und komme eben vom Lagerhaus«, entschuldigte er sich. »Kann ich Herrn Doktor Schwab sprechen?«

»Ich muss erst fragen, ob er Zeit hat. Wie ist Ihr Name?«

»Ferdinand Faustner von Laubers bei Achgaden.«

»In welcher Angelegenheit wollen Sie denn zu Herrn Dr. Schwab?«

»Im Fall Wildgruber.«

Damit wusste die Vorzimmerdame nichts anzufangen. »Bitte?«, fragte sie noch einmal, als hätte sie nicht verstanden.

»Wildgruber. Der Fall liegt schon einige Zeit zurück, aber Herr Doktor Schwab wird sich wohl daran erinnern.«

Er musste dann eine Weile im Vorraum warten, ohne dass er es wagte, in einem der Sessel Platz zu nehmen. Dazu war er sicher nicht ordentlich genug angezogen.

So stand er also da und wartete, bis er endlich in Dr. Schwabs Büro vorgelassen wurde.

Dr. Schwab war ein großer, stattlicher Herr mit grauem, lichtem Haar. Die gebogene Nase und die breitrandige Brille verliehen seinem Gesicht etwas Strenges. Aber er schaute ihm nicht unfreundlich, wenn auch etwas erstaunt entgegen.

Ferdinand entschuldigte sich, dass er in einem solchen Aufzug erscheinen müsse, er komme eben von der Arbeit. Der Doktor versicherte ihm, dass das nicht schlimm sei und bot ihm Platz an.

»Ich bin Ferdinand Faustner, zur Zeit Arbeiter auf dem Wildgruberhof von Laubers bei Achgaden«, begann er dann. »Ich habe ein besonderes Interesse am Fall Wildgruber, und aus den Berichten über den Fall Valentin Wildgruber im Bruxer Tagblatt von damals weiß ich, dass Sie, Herr Doktor, der Pflichtverteidiger des Angeklagten waren. Nach allem, was ich weiß, besteht Grund zur Annahme, dass Valentin Wildgruber an dem Tod Breitingers unschuldig ist. Ich habe den Zeitungsberichten entnommen, dass auch Sie bis zum Schluss die Täterschaft Ihres Mandanten angezweifelt haben, obwohl Valentin Wildgruber sich selbst gestellt und ein Geständnis abgelegt hatte.«

Der alte Herr blieb ohne jede Bewegung. Kein Muskel in seinem Gesicht regte sich. Das machte Ferdinand ein wenig unsicher. »Ich weiß nicht, wie weit Sie sich überhaupt noch daran erinnern. Es sind inzwischen siebzehn oder mehr Jahre vergangen.«

»Ich erinnere mich an alles!«, war die überraschende Antwort.

»Darf ich Ihnen erzählen, wie ich dazu komme, an Valentin Wildgrubers Schicksal besonderen Anteil zu nehmen?«

»Bitte!«

Ferdinand legte dem Anwalt nun seinen Ausweis vor und erzählte in knappen Sätzen, dass er von Valentin Wildgruber damit beauftragt worden sei, sich ein Bild von den Zuständen auf dem Wildgruberhof zu machen und ihm vor allem über dessen Tochter Sara genau Bericht zu erstatten.

Wildgruber habe ihm gegenüber kein Hehl daraus gemacht, dass er viele Jahre wegen Mordes im Gefängnis gesessen hatte. Er wolle deshalb nie wieder zurückkehren in seine Heimat.

Doch er suche einen Weg, wie er seiner Tochter dennoch zum Besitz des Hofes verhelfen könne.

Er selbst sei immer noch der Eigentümer, doch habe er damals, bevor er sich der Polizei gestellt habe, seinem Bruder eine Generalvollmacht für alle Rechtsgeschäfte ausgestellt, die in Zusammenhang mit dem Hof oder dem damals noch sehr kleinen Mädchen notwendig werden sollten.

Er selbst, Ferdinand, habe ihm dann vorgeschlagen, zur arbeitsreichen Zeit im Sommer dort als arbeitssuchend vorzusprechen und sich auf diese Weise dort als Arbeiter einzuschleichen. Er wollte dann bis zum Herbst auf dem Hof bleiben und ihm von da aus regelmäßig einen schriftlichen Bericht zuschicken.

Doch dann seien zwei unvorhergesehene Dinge passiert: Zum einen habe er, Ferdinand, sich Hals über Kopf in das junge Mädchen, Valentin Wildgrubers Tochter Sara, verliebt. Zum anderen seien seine Zweifel daran immer größer geworden, dass Valentin Wildgruber wirklich der Täter in diesem Mordfall sein könne.

»Sehen Sie, Herr Doktor Schwab, diesen Gedanken werde ich nicht mehr los. Valentin Wildgruber konnte ja nicht einmal sagen, womit er den Bauern Breitinger getötet haben soll.«

Doktor Schwab nickte.

»Und so bin ich auf den Gedanken gekommen, dass Valentin Wildgruber gelogen hat, und zwar, um den wirklichen Täter zu schützen!«

Doktor Schwab hatte sich zurückgelehnt, nun neigte er sich vor. »Sie meinen ...«

»Seine Frau? Das war meine erste Idee, doch inzwischen glaube ich, die Frau hat es auch nicht getan. Es gibt nämlich noch einen weiteren Verdächtigen. Die Bäuerin vom Breitingerhof hat einen Bruder, Wenzel, der geistig zurückgeblieben ist. Dieser hatte unter dem Breitinger schwer zu leiden und wurde von ihm regelmäßig misshandelt. Ich habe erfahren, dass er sich bei einer Gelegenheit dagegen zur Wehr gesetzt hat und der Breitinger von Glück sagen konnte, dass einer seiner Arbeiter ihm zu Hilfe gekommen ist, denn schon dieser Vorfall hätte ihn das Leben kosten können. Wenn man nach der damaligen Zeitungsberichterstattung geht, wurde dieser Wenzel nicht einmal vernommen. Oder ist Ihnen darüber irgend etwas bekannt?«

Der Anwalt zog die Brauen hoch, dachte nach und ließ sich schließlich aus dem Keller die alte Akte holen, um ganz sicher zu gehen.

Nach kurzer Durchsicht bestätigte er Ferdinand, dass Wenzel in der Tat damals nicht vernommen worden war.

»Sehen Sie, und Wenzel käme doch als Täter ebenfalls in Frage. Er hat mir gegenüber schon eine Bemerkung gemacht, die darauf hindeuten könnte, dass er den Mann erschlagen hat, der ihn so sehr gequält hat. Die Frage ist nun, wie soll man den

Nachweis erbringen, dass Wenzel und nicht Valentin Wildgruber der Täter war? Ich sehe keine Möglichkeit, außer der, Wenzel durch geschicktes Fragen dazu zu bringen, dass er davon erzählt. Nur, wieviel wäre das Geständnis eines solchen geistig zurückgebliebenen Mannes wert?«

»Das kommt darauf an. Sein Geständnis alleine reicht sicher nicht aus, denn einem geistig Behinderten könnte man eine solche Sache ja auch eingeredet haben. Es müssten schon Indizien hinzukommen, die sein Geständnis plausibler machen als das von Valentin Wildgruber. Falls dieser sein Geständnis zurücknehmen und beantragen würde, den Fall wieder neu aufzurollen, dann wäre die Sache sicher nicht chancenlos, wenn Sie noch Hinweise finden würden, die auf Wenzel als Täter hindeuten.«

Ferdinand hörte aufmerksam zu und stützte die Hände auf den Tisch.

Der Rechtsanwalt fuhr nun fort. »Falls dieser Mann Angaben zu seinem Tatwerkzeug machen und dieses womöglich sogar dem Gericht vorgelegt werden könnte, das würde auf jeden Fall eine ganze Menge helfen.«

»Über das Tatwerkzeug habe ich mir auch schon meine Gedanken gemacht, Herr Doktor Schwab!«, rief Ferdinand. »Und ich glaube, ich weiß, womit der Mord verübt wurde.«

Er schilderte seine Beobachtung an dem alten Brechelhaus.

Der Rechtsanwalt schlug nochmals in der Akte nach, um in den polizeilichen Ermittlungsprotokollen nachzulesen, ob dort nach der Mordwaffe gesucht worden war, und stellte fest, dass eine Durchsuchung zwar stattgefunden hatte, jedoch die fehlende Eisenstange offenbar niemandem aufgefallen war.

»Wo könnte sie wohl hingekommen sein?«, überlegte der Rechtsanwalt. »Wenn der Täter sie in der Nähe weggeworfen hätte, dann wäre sie mit Sicherheit gefunden worden. Meinen Sie, dieser Wenzel kann uns dazu etwas mitteilen?«

»Schwer zu sagen. Wie gesagt, er ist geistig zurückgeblieben. Es ist durchaus möglich, dass er sich an eine solche Kleinigkeit nicht mehr erinnert. Übrigens, was würde ihm denn passieren, einmal angenommen, dass es uns gelingt, ihn der Täterschaft zu überführen?«

»Das hängt von vielen Faktoren ab. Wenn er nachgewiesenermaßen in dem Maße geistig zurückgeblieben ist, wie Sie es schildern, dann ist er jedenfalls nicht schuldfähig. Ins Gefängnis wird er also auf keinen Fall kommen, schlimmstenfalls droht ihm die Einweisung in eine Anstalt. Das hängt dann aber davon ab, ob er eine Gefahr für andere darstellt. Darüber wird ein Gutachten nötig sein.«

»Es gibt Zeugen dafür, dass Breitinger ihn wieder und wieder brutal misshandelt und damit die Tat selbst provoziert hat. Das spielt doch sicher auch eine Rolle, oder? Ich habe den armen Wenzel eigentlich nur als gutmütigen Kerl kennen gelernt.«

Der Rechtsanwalt versicherte Ferdinand, dass dieser Aspekt in jedem Fall in das Gutachten mit einfließen würde, wenn Zeugen dies bestätigen könnten.

Ferdinand erhob sich nun und verabschiedete sich mit der Bemerkung, er werde sich bemühen, Valentin Wildgruber zu einer Wiederaufnahme des Verfahrens zu veranlassen und Dr. Schwab umgehend davon in Kenntnis zu setzen, wenn sich etwas Neues für ihn ergeben habe.

»Ich bitte darum; es liegt mir selbst viel daran, diesen merkwürdigen Fall, der mich damals lange nicht zur Ruhe kommen ließ, noch einmal aufgreifen zu können.«

8

Als Ferdinand zum Abstellplatz zurückkehrte, wurde er vom Bauern bereits erwartet. Wenig später rollte die Zugmaschine mit dem leeren Wagen zum Hof hinaus.

Die Nacht fiel ein, als sie auf der Landstraße ins einsame Kreuztal fuhren.

»Du hast wohl viel nachzudenken!«, knurrte der Bauer plötzlich unvermittelt in das Schweigen.

»Warum?«

»Weil du nichts redest!«

»Ich? Sie sind ja auch nicht gerade gesprächig, Bauer!«

Sie schwiegen wieder lange. Ein paar Dörfer mussten sie durchfahren, ehe sie nach Achgaden kamen. An den Gehöften waren Türen und Tore bereits geschlossen. Aus den Stubenfenstern leuchteten die Lichter. Aber es war recht still, nur am Wirtshaus standen ein paar Vergnügungssüchtige.

»Was ist, Bauer, kehren wir noch ein?«, fragte Ferdinand.

Der Bauer war verblüfft. »Bist du verrückt geworden?«

»Wie lang sind Sie denn schon nicht mehr im Wirtshaus gewesen?«

»Das ist schon so lange her, dass es fast nicht mehr wahr ist.«

»Ach so!«

Sie fuhren durch das Dorf der Anhöhe zu.

»Es gibt doch seltsame Menschen«, fing plötzlich Ferdinand an. »Sagt da neulich einer im Wirtshaus: ›Der arme Wildgruber Valentin kann einem Leid tun. Er nennt sich einen Mörder und lässt sich einsperren! Dabei ist er unschuldig.‹«

Der Bauer fuhr herum. »Wer sagt das?«

»Ich habe den Mann nicht gekannt. Irgend so ein rothaariger Waldarbeiter.«

»Einen Rothaarigen kenne ich nicht. Wer soll es sonst getan haben, meint er?«

»Er sagt, seine Frau, die Zigeunerin, sei es gewesen. Und der Bauer habe die Schuld auf sich genommen, um sie vor dem Gefängnis zu bewahren.«

Ambros Wildgruber schwieg. Aber in seinem Gesicht arbeitete es. Er blickte starr auf die Scheinwerferlichter, die vor ihnen hertanzten.

Sie kamen hinauf zum Eichgraben.

»Wie kann man auch so eine Dahergelaufene heiraten!«, knurrte Ambros Wildgruber vor sich hin, als spräche er mit sich selbst.

»Wo eben die Liebe hinfällt, Bauer! Man könnte ebenso gut sagen, wie kommt dieser oder jener reiche Grund- und Hausbesitzer dazu, fremdländische Bäume in seinen Garten oder Park zu pflanzen, von denen er nicht einmal weiß, ob sie bei uns gedeihen. Aber das gibt es, und niemand findet etwas dabei.«

»Ein Baum ist kein Mensch! Er kann schlimmstenfalls eingehen, wenn ihm unsere Erde oder das Klima nicht passen. Aber ein Mensch mit fremder Sprache, mit unbekanntem Charakter und Temperament verhält sich oft auf eine Weise, die in seiner Heimat vielleicht richtig, aber hier bei uns falsch ist. Das meine ich!«

Sie fuhren jetzt über die Höhe.

Das Sühnekreuz ragte neben der Straße schwarz und unheimlich auf.

Sie schauten beide nicht hin.

Ferdinand betätigte die Bremsen, als sie über den nachtschwarzen Eichgraben hinabrollten. Das Licht der Scheinwerfer zuckte über das dichte Gesträuch hin.

»Ich glaube es aber nicht!«, sagte Ferdinand unvermittelt.

»Was denn?«

»Dass Valentins Frau eine Schuld zukommt.«

»Du? Was weißt denn du davon? Du hast sie schließlich nicht gekannt!«

»Man sagt, dass Sara ihrer Mutter in jeder Beziehung ähnlich sei. Könnte man ihr eine solche Tat zutrauen, Bauer?«

»Du vergisst, dass Sara hier aufgewachsen ist, sie hatte eine andere Umgebung, eine andere Erziehung, andere Einflüsse.«

»Ob dieses Muster aber das bessere ist?«, lachte Ferdinand.

»Wenn ich nicht wüsste, dass du ein loses Mundwerk hast, müsste ich dir ein solches Geschwätz fast übel nehmen. Aber du bist ein brauchbarer Kerl, und ich möchte, dass wir noch lange so beisammenbleiben.«

»Wir bleiben schon beisammen, Bauer.«

»Nur werden wir diese alte und traurige Geschichte ab sofort ruhen lassen. Es war nicht leicht für mich damals, den Hof zu übernehmen und als Bruder eines Mörders vor den Menschen gerade zu stehen. Bis heute leiden wir unter den Folgen seiner Tat, wir haben uns zurückgezogen, um Ruhe zu finden.«

»Auf mich hat das damalige Geschehen aber keinen Einfluss, Bauer!«

»Das mag schon sein, weil du damit nichts zu tun hast.«

»Nein, weil ich nicht an die Schuld Valentin Wildgrubers glaube!«

Nun schauten ihnen von Laubers schon einzelne Lichter entgegen. Bald würden sie zu Hause sein.

Erst mit dem ersten Schneefall, der die Hügel und Täler, die Wälder und Wege des Kreuztales mit weißer Pracht überzog, kam die große Stille und Einsamkeit über die Menschen vom Weiler Laubers. Nur die tief eingedrückten Spuren der Schlittenkufen, die den Schneezeichen folgten, deuteten noch den Weg zum Dorf an, mit dem man ja in Verbindung bleiben musste.

Die Menschen gingen ihren Arbeiten im Stall nach, oder sie stiegen zu den Wäldern hinauf, um das Holz zu schlagen. Es gab immer etwas zu tun, und wenn man nur das Haus von turmhohen Schneeverwehungen oder das überlastete Dach freischaufelte. Die Kälte kroch in die Glieder, und jeder war froh, wenn er sich im Haus wieder aufwärmen konnte.

Ferdinand fuhr am Abend mit dem Schlitten die Milch ins Dorf zur Molkerei. Drüben beim Breitinger schickte man wie immer den Wenzel. Manchmal begegnete ihm Ferdinand auf halbem Weg, manchmal auch nicht, wenn gerade der eine früher und der andere später daran war.

Diese Gelegenheiten hätte er manchmal gerne genutzt, um von Wenzel die Dinge zu erfahren, die ihn so brennend interessierten. Doch es schien vergeblich; Wenzel erwies sich als sehr einsilbig, wenn man ihm draußen in der Kälte begegnete und hatte es immer eilig, wieder ins Haus zu gelangen, wo es schön warm war.

Es war abends und eigentlich Zeit, sich zur Ruhe zu begeben. Doch Martha hatte Nachtwache, denn eine Kuh würde noch im Laufe der Nacht kalben. Der Bauer wollte auch so lange aufbleiben und saß in der Stube auf der Ofenbank.

Ferdinand schlug vor: »Das könnte auch ich machen, Bauer«, sagte er. »Sie könnten dann ins Bett gehen.«

»Wenn du meinst«, entgegnete der Bauer und erhob sich. »Setzt euch einstweilen in die warme Stube!«

Dann ging er.

Ferdinand und die alte Martha saßen bis nach Mitternacht auf der Ofenbank. Die Frau ging ab und zu hinüber zum Stall und kam jedes Mal mit dem Bescheid zurück, dass es noch immer nicht so weit sei. Dieses Trödeln wolle ihr gar nicht gefallen.

»Gut Ding will Weile haben, Martha. Setz dich doch so lange her und erzähl mir was!«

»Was willst du denn schon wieder wissen? Du kannst einen schon ein Loch in den Bauch fragen, schlimmer als ein Polizeibeamter!«

»Sei doch froh darüber, Martha! Was würdest du denn sagen, wenn ich dir eines Tages erklären könnte, dass Valentin Wildgruber gar kein Mörder ist!«

»Du spinnst ja! Warum hat er sich denn selbst angezeigt?«

Er horchte in die nächtliche Stille des Hauses, um sicher zu gehen, dass sie unbelauscht waren.

»Pass auf, Martha! Du hast mir doch erzählt, dass der Valentin Wildgruber seine Bäuerin über alles geliebt hat. Sie war freilich eine Fremde, als Zigeunerin verschrien, und nicht nur hier im Haus, im ganzen Dorf war alles gegen sie, bis der einflussreiche, großmaulige Breitinger scheinbar Partei für sie ergriffen hat.

Als sich dann herausgestellt hat, dass er ganz andere Absichten hatte, wollte sie ihrem Mann nichts sagen, weil sie Angst hatte, dass dieser den Breitinger sofort zur Rede stellen und ihm vielleicht sogar eine Tracht Prügel verpassen würde. Man hätte sich damit also einen gefährlichen Feind geschaffen, was zur Folge gehabt hätte, dass über den Wildgruberhof noch mehr gehetzt worden wäre. Kapierst du das?«

Martha nickte.

»Sie hat also dafür gesorgt, dass der Breitinger sie nicht alleine treffen konnte, und das hat lange Zeit geholfen. Doch eines Tages hat sie ihr Glück verlassen. Es gibt keine Zeugen dafür, was genau im Wald geschehen ist. Man kann es sich aber denken, denn nicht umsonst befand sich die Frau in heller Verzweiflung und ihre Kleidung war zerrissen und verdreckt.

Der Bauer kam zurück, erfuhr es und machte sich sofort auf den Weg ins Dorf, um den Breitinger in aller Öffentlichkeit zur Verantwortung zu ziehen. Das hat er auch getan.

So viel zu den bekannten Tatsachen. Was weiter passiert ist, stelle ich mir folgendermaßen vor: Als er aus dem Dorf heimkommt, findet er seine Frau nicht zu Hause vor. Er geht sie suchen, aber er findet sie nicht. Statt dessen findet er droben am Eichgraben den erschlagenen Breitinger. Musste er nicht annehmen, dass seine verzweifelte Frau die Tat begangen hat? Und deshalb hat er sich gestellt und ein falsches Geständnis abgelegt, weil er sie schützen wollte.«

Die alte Frau schüttelte unwillig den Kopf. »Du wirst doch nicht einen solchen Unsinn glauben, dass die Frau den Breitinger erschlagen hat?«

»Ich nicht, aber Valentin Wildgruber hat mit Sicherheit daran geglaubt. Du darfst nicht vergessen, in welch verzweifelter Verfassung er gewesen sein muss. Und jetzt stell dir dazu noch folgendes vor: Die Bäuerin blieb alleine zurück, als Valentin Wildgruber voller Zorn ins Dorf eilte, um den Breitinger zur Rede zu stellen. Sie wartete lange auf seine Heimkehr, doch er kam nicht. Auch sie selbst war in einem verzweifelten Gemütszustand, und das Ausbleiben ihres Mannes steigerte ihre Angst noch weiter. Sie beschloss, ihm entgegenzugehen. Doch dann machte sie eine Entdeckung, die sie so entsetzte, dass sie in blinder Panik zur Kapelle flüchtete, wo sie so oft Trost im Gebet gesucht hatte. Dort hat man sie am nächsten Tag auch gefunden, durchnässt und besinnungslos.

Was sie entdeckt hatte, war der tote Breitinger im Eichgraben. Sie musste annehmen, ihr Mann hätte ihn getötet.«

Martha dachte über diese Worte nach, und schließlich gab sie zu bedenken: »Wenn es so gewesen wäre, wie du sagst, wer soll den Breitinger denn dann erschlagen haben?«

»Ein anderer.«

»Dann mag Gott ihn dafür richten, diesen feigen Hund!«

»Martha, wenn ich wüsste, dass du es für dich behalten kannst, würde ich dir gern ein Geheimnis anvertrauen!«

»Bin ich vielleicht ein altes Tratschweib?«

»Das nicht, aber du weißt schon, es könnte dir vielleicht doch einmal herausrutschen. Ich kann dich gut leiden, schon deshalb, weil du der Sara von Anfang an so etwas wie eine Mutter warst. Man muss ja jeden Menschen bedauern, der seine Eltern auf eine solche Weise verliert wie sie – aber bei mir und Sara ist noch etwas dazugekommen: Ich bin verliebt in sie!«

»Sieh zu, dass der Bauer nichts davon erfährt, sonst jagt er dich vom Hof!«

»Er erfährt es nicht, außer du sagst es ihm.«

»Ich? Wie käme ich dazu?«

»Ich kann mich auf dich verlassen, Martha, das weiß ich schon, sonst hätte ich dir nichts gesagt. Aber hier wird sich ohnehin einiges ändern, wenn Valentin Wildgruber heimkehrt.«

»Der kommt nicht mehr!«

»Um was wollen wir wetten?«

Sie schaute ihn sprachlos an.

»Martha, du hast schon einmal gesagt, dass ich alles fertig brächte, was ich will. Oder nicht?«

»Ja, du bist ein richtiger Teufelskerl!«

»Also, wenn ich nun will, dass dein früherer Bauer heimkehrt, werde ich auch das zustande bringen. Die Bäuerin freilich können wir nicht mehr von den Toten auferwecken, aber verschollen ist nicht tot, Martha! Ich werde dafür sorgen, dass er hierher zurückkommt.«

»Jetzt glaube ich wirklich, dass du verrückt geworden bist«, rief die Alte aus.

»Verrückt nicht, aber verliebt. Heißt es nicht, dass Liebe Berge versetzt, Martha?«

»Nicht die Liebe, sondern der Glaube, du alter Heide!«, erwiderte die bibelfeste Martha, doch sie lachte dazu.

Auch Ferdinand lachte. »Den habe ich auch. Aber jetzt solltest du vielleicht doch noch einmal nach der Kuh sehen!«

Die Martha lief also abermals in den Stall, und diesmal war es endlich so weit. Sie wollte Ferdinand aus der Stube holen, aber er war ihr bereits gefolgt. Er hatte die Joppe abgeworfen und die Ärmel seines Hemdes hinaufgekrempelt. Es wurde nicht viel gesprochen. Schweiß lief Ferdinand über das Gesicht, die Haare hingen ihm in die Stirn. Martha trug ihm zu, was er verlangte.

Nach einer Stunde lag das neugeborene Kalb im Stroh, es richtete sich bald auf seinen langen Beinen auf.

Ferdinand stand am Wasser und wusch sich.

Langsam erholte sich auch die Mutterkuh, wandte sich nach dem kleinen Tier um und leckte mit der rauen Zunge über das zottige Fell.

Zu Weihnachten gab es im Wildgruberhof keinen Christbaum. Man feierte das Fest wohl mit der ganzen Menschheit mit, aber nur in der Weise, dass es ein besseres Essen gab, für die Martha ein bescheidenes Geschenk und am Dreikönigstag das geweihte Salz in den Barren des Viehes.

Es gab also große, erstaunte Augen, als Ferdinand am Tag vor dem Heiligabend ein Weihnachtsbäumchen aus dem Wald mitbrachte und einen Ständer dazu zimmerte.

»Warum?«, fragte der Bauer. »Es sind keine Kinder da!«

»Zu Weihnachten sind wir alle Kinder, Bauer, und warten auf das große Wunder, ob es nun wirklich kommt oder nicht. Aber einen Menschen, der da nicht mehr warten und hoffen kann, den muss man wahrhaft bedauern. Habe ich nicht Recht?«

Man konnte diesem Ferdl einfach nicht böse sein, und der Bauer ließ ihn gewähren.

So kam es, dass in diesem Jahr in der Stube des Wildgruberhofes der Weihnachtsbaum brannte.

Ferdinand sah es den Gesichtern Saras und der Martha an, wie glücklich sie darüber waren.

Der Bauer war noch schweigsamer als sonst. Vielleicht erinnerte er sich daran, wie es gewesen war, als er und sein älterer Bruder als Kinder vor dem Baum gestanden hatten.

Wer hätte damals auch nur ahnen können, wie es noch kommen würde?

Schließlich wollte man zu Bett gehen, wie sonst auch. Da sagte aber Ferdinand, dass Breitingers zur Mette fahren würden. »Man hat mich eingeladen, mitzufahren.«

Ambros Wildgruber wusste nicht, ob er sich ärgern oder freuen sollte. Sein Mund verzog sich, halb amüsiert, halb ungehalten.

»Du bist schon ein Halunke! Tu doch, was du willst«, sagte er dann gutmütig.

»Die Bäuerin hat mir aufgetragen, Sara möge ebenfalls mitkommen, falls sie Lust dazu habe.«

Ferdinand wiederholte seine Botschaft nicht mehr. Der Bauer hatte ihn recht gut verstanden. Lange überlegte er und schaute auf seine Hände, die er auf dem Tisch liegen hatte. Dann richtete er seinen Blick in das Gesicht Saras. Sie wich ihm befangen aus, und Ferdinand wusste nicht, warum sie es tat.

Schließlich sagte der Bauer. »Gut, ihr könnt fahren! Aber nicht mit den Breitingers. Nehmt unseren Schlitten. Meinetwegen kann die Martha auch mit.«

Der Bauer ging ins Bett, und die drei blieben allein in der Stube zurück.

»Ich freue mich so! Ich war noch nie in der Mitternachtsmette«, sagte Sara.

»Dann bist du ja noch eine richtige Heidin!«, lachte Ferdinand.

Sie tranken noch heißen Glühwein und führten harmlose, heitere Gespräche. Später machten die Frauen sich fertig zum Kirchgang.

Ferdinand schirrte die Pferde und zog den Schlitten aus dem Schuppen.

Über die Erde wölbte sich ein sternklarer Himmel, die Schneedecke flimmerte. Es war bitterkalt.

9

Um Maria Lichtmess waren die so genannten Schlenkeltage. Die Arbeiter beendeten ihre Arbeit auf dem Hof, wenn sie den Arbeitsplatz wechseln wollten, und hatten einige Tage frei, bevor sie bei ihrem neuen Bauern die Arbeit aufnahmen. Jene aber, die ihren Platz nicht wechselten, machten die Schlenkeltage ebenfalls mit, das heißt, sie hatten frei und fanden sich wohl zu den Tischzeiten ein, im Übrigen überließen sie die Arbeit aber den Bauersleuten, sogar im Stall. So war es Brauch, und so wurde es in dieser stillen, abgelegenen Gegend nach wie vor gehalten.

Im Wildgruberhof freilich gab es keinen Wechsel der Dienstboten, und die Martha kannte keine Schlenkeltage. Sie machte ihre Arbeit in Stall und Haus wie sonst. Sie war es nicht anders gewöhnt.

Ferdinand dagegen nahm die aus dieser alten Tradition entstehende freie Zeit in Anspruch. Er trat vor seinen Bauern und erbat sich für einige Tage Urlaub. Diese Bitte wurde ihm natürlich gewährt. Als er aber gleich darauf in seinem guten Lodenanzug erschien und sich verabschiedete, als ginge er auf Weltreise, gab es verwunderte Gesichter.

»Wohin geht's denn?«, fragte der Bauer.

»Nur ein bisschen umsehen draußen. Es kann leicht sein, dass inzwischen die Welt untergegangen ist, und wir im Kreuztal wissen noch gar nichts davon«, lachte Ferdinand.

»Fährst du heim?«, fragte der Bauer neugierig.

»Ich habe kein Heim, Bauer, aber Freunde, die ich besuchen möchte.«

»Wann kommst du wieder?«

»Spätestens in drei Tagen.«

»Gute Reise!«

»Danke!«

Als er fortgegangen war, schaute der Bauer die alte Martha beunruhigt an. »Er wird uns jetzt doch nicht davongelaufen sein?«

»Nein«, beruhigte ihn die Martha. »So etwas tut er nicht. Nicht auf diese Art. Wenn er uns hätte verlassen wollen, dann hätte er es uns ins Gesicht gesagt.«

»Ich will's hoffen!«

Sara aber schaute ihm vom Fenster der Küche aus nach, als er frohgemut dem Eichgraben zuschritt. Sie beobachtete ihn noch, als er sich weit draußen umwandte und seinen Hut schwenkte.

Da riss sie das Fenster auf und winkte ihm mit einem hellen Tuch nach. Ihr Mund lachte, aber in ihren Augen standen ein paar Tränen.

Sie hatte nicht bemerkt, dass die Martha in die Küche gekommen war.

Als sie aber die Tür einklinken hörte, warf sie erschrocken das Fenster zu und wagte es nicht, sich umzuwenden.

»Du bist schon ein komisches Ding, du!«, brummte die Alte.

»Warum?«

»Das hättest du mir längst schon sagen können, dass du ihn gern hast, den Ferdl, du Geheimniskrämerin!«

Sara schwieg.

»Du hast wohl Angst, ich könnte es dem Bauern verraten? Da kennst du mich aber schlecht. Ich sag dir, du kannst gar keinen besseren finden, als diesen Ferdl, er ist ein Prachtkerl, ein Bauer wie aus dem Bilderbuch, und er hat einen hellen Kopf. Du siehst ja, wie sich alles langsam ändert bei uns. Ich sage dir, er windet eines Tages dem Bauern den Hof aus der Hand, ohne dass der etwas davon merkt!«

Jetzt wandte Sara sich überrascht nach der Alten um. An ihrer Wange hing noch eine Träne.

»Du weinst?«, fragte die Martha bestürzt.

Sara schüttelte den Kopf. »Nein!«

»Man sieht's ja. Lass dich vor dem Bauern nicht so sehen! Weine wenigstens aus Freude! Er hat dich schon recht gern, der Ferdinand.«

»Weißt du das?«

»Ja, er hat's mir selber gesagt.«

Da warf Sara sich der alten Frau an den Hals. »O Martha!«

»Ich möchte es noch erleben, dass bei uns ein neues Zeitalter anbricht«, sagte die Alte. »Weißt du, ein goldenes, in dem alles wieder wird wie früher, vor dem Unglück damals. Nicht für mich, was soll ich damit noch anfangen? Aber für dich!«

Es war ein trüber Tag, ein lebhafter Wind wehte den Schnee von den Dächern. Die Straßen und Wege waren geräumt worden, doch kam man mit dieser Arbeit kaum hinterher, denn es hörte nicht auf, in dicken Flocken zu schneien. Busse und Eisenbahnen hatten Verspätung. Es war ein beschwerliches Reisen. Aber Ferdinand war guter Dinge. »Wenn's an Lichtmess stürmt und schneit, ist der Frühling nicht mehr weit!«, tröstete er sich.

Unter ihm rollten die Wagenräder über die Schienen. Sie riefen ihm pausenlos einen einzigen Namen zu: Sara! – Sara!

Einen ganzen Tag hindurch dauerte seine Fahrt. Die Nacht dämmerte schon, als er sein Ziel erreichte. Er schritt durch die vertrauten Straßen seiner Heimatstadt, bis er zu dem Haus gelangte, in dem sich sein Büro befand. Er steckte den Schlüssel ins Schloss, trat ein und setzte sich an seinen Schreibtisch. Nach kurzem Zögern griff er nach dem Telefonhörer und wählte eine Nummer.

Valentin Wildgruber erschien am nächsten Morgen zur vereinbarten Zeit, um sich von Ferdinand über die Ergebnisse seiner Nachforschungen Bericht erstatten zu lassen. Er hatte bereits unruhig darauf gewartet, denn ursprünglich war nicht die Rede davon gewesen, dass Ferdinand den Winter über auf dem Hof bleiben sollte. Doch in dem kurzen schriftlichen Bericht, den er von diesem im Herbst erhalten hatte, war ihm schon angekündigt worden, dass es wichtige Gründe gebe, noch einige Zeit länger unerkannt dort zu bleiben, doch er müsse sich keine Sorgen machen, dass ihn das in zusätzliche Unkosten stürzen werde; ein Honorar werde er hierfür nicht verlangen. Er werde sich umgehend mit ihm in Verbindung setzen, wenn es so weit sei, dass man die Angelegenheit zum Abschluss bringen konnte.

Ferdinand berichtete zunächst ausführlich und genau von seinen Erlebnissen und Beobachtungen auf dem Wildgruberhof. Er schilderte die Zustände, wie sie waren, sprach davon, dass Ambros Wildgruber den Hof gut führte, verschwieg aber nicht, dass man auf dem Hof zurückgezogen hause wie in einem Kloster und eine gedrückte Stimmung herrsche.

Er sang ein Loblied auf die gute, treue Martha, sprach von der Bereitschaft der Bäuerin des Breitingerhofs zu einem besseren nachbarlichen Verhältnis, was allerdings bisher immer noch an der Ablehnung Ambros Wildgrubers scheiterte.

Besonders lebhaft wurde er, als die Rede auf Valentin Wildgrubers Tochter kam. Er wusste gar nicht genug Lobendes über sie zu sagen, versicherte, dass sie durchaus imstande sein würde, sobald es nötig wäre, den Hof zu übernehmen, und schilderte seine Bemühungen, sie der strengen Aufsicht, die ihr Onkel ihr auferlegt hatte, etwas zu entziehen und Verbindungen mit der Nachbarschaft und dem Dorf herzustellen.

»Was sagt mein Bruder über mich?«, fragte der Alte schließlich, nachdem er tausend Fragen über das Mädchen und das Leben auf dem Hof gestellt hatte.

»Nicht viel – Sie sind für ihn verschollen, vielleicht gar nicht mehr am Leben.«

»Ich meine, über die Tat!«

»Er spricht kaum darüber. Im Dorf zerreißt man sich allerdings immer noch das Maul. Doch das lässt sich wohl ändern.«

»Wie sollte das geschehen?«

»Man müsste den Leuten klarmachen, dass der Falsche für die Tat verurteilt worden ist.«

Valentin Wildgruber sah ihn sprachlos an.

Ferdinand schmunzelte. »Ja, anfangs haben Sie auch mich mit Ihrem falschen Schuldbekenntnis getäuscht. Doch ich fand das, was ich darüber hörte, widersprüchlich genug, um mich genauer mit dem Mordfall von damals zu befassen. Inzwischen bin ich davon überzeugt, dass Sie damals wissentlich ein falsches Geständnis abgelegt haben, weil Sie glaubten, Ihre Frau habe die Tat begangen. Sie wollten sie vor einer Verhaftung schützen. Das ehrt Sie, Herr Wildgruber. Doch auch Ihre Frau war meiner Meinung nach unschuldig. Ich habe Hinweise darauf, dass eine dritte Person den Breitinger erschlagen hat. Erinnern Sie sich noch an Ihren damaligen Verteidiger, den Bruxer Anwalt Doktor Schwab?«

Valentin Wildgruber schaute auf, aber er sagte nichts.

»Der Anwalt rät Ihnen, Ihr Geständnis zu widerrufen, damit der Fall neu aufgenommen werden kann.«

Valentin Wildgruber schüttelte den Kopf. »Das ist doch sinnlos.«

Ferdinand richtete sich auf und fragte ihn nun ganz direkt:

»Herr Wildgruber, Sie haben diesen Mord in Wirklichkeit gar nicht begangen, das ist doch richtig, oder?«

Wildgruber nickte, ohne ein Wort zu sagen, und sah dabei zu Boden.

»Sehen Sie, und das müssen die Leute im Dorf auch erfahren. Lange genug waren Sie, Ihr Bruder und vor allem Ihre unschuldige Tochter dem bösartigen Klatsch ausgesetzt, der daraus entstanden ist, dass man Sie für einen Mörder gehalten hat. Wenn Sie das nicht um Ihrer selbst willen richtig stellen wollen, dann tun Sie es bitte für Sara. Sie können unmöglich wollen, dass sie weiter darunter zu leiden hat!«

Er beugte sich zu dem Mann vor und sagte eindringlich: »Herr Wildgruber, wenn sowohl Sie als auch Ihre Frau von jedem Verdacht befreit sind, dann können Sie hoch erhobenen Hauptes auf Ihren Hof zurückkehren, und niemand wird Sie mehr schief ansehen können. Und ich will Ihnen jetzt sagen, wie ich gerne weiter vorgehen möchte.«

Er schilderte seinem Gegenüber in großen Zügen, wie er sich die nächsten Schritte vorstellte: Valentin Wildgruber solle bei seinem damaligen Rechtsanwalt sein Geständnis schriftlich widerrufen, und dieser werde daraufhin die Wiederaufnahme des Verfahrens in die Wege leiten.

Er, Ferdinand, werde sich inzwischen darum bemühen, einen Nachweis dafür zu finden, wer der eigentliche Mörder war.

»Wer ist es überhaupt, den Sie im Verdacht haben?«, erkundigte sich Wildgruber schließlich.

»Der Wenzel vom Breitingerhof«, antwortete Ferdinand.

Valentin Wildgruber war zunächst starr vor Staunen, doch nach einigem Nachdenken nickte er. »Vorstellen könnte ich mir das schon. Der Wenzel hat nicht mehr Verstand als ein Fünfjähriger, aber genug Kraft, um einen Menschen totzuschlagen. Und der Breitinger hat ihn geprügelt, dass es eine wahre Schande war.«

»Ich glaube, wenn man ihn dazu befragen würde, könnte man ihn dazu bringen, es zuzugeben. Ich war bei einer Gelegenheit schon nahe daran, alles aus ihm herauszubekommen, aber leider konnte ich es bisher nicht weiterverfolgen. Das werde ich in den nächsten Wochen zu Ende bringen. Es wäre im Moment aber hilfreich, wenn Sie selbst mir den

Ablauf des verhängnisvollen Abends noch einmal vollständig schildern könnten. Jede Kleinigkeit kann wichtig sein.«

Valentin Wildgruber nickte und erzählte, was sich begeben hatte von dem Moment an, als er nach Hause gekommen war und vernommen hatte, was seiner Frau widerfahren war. Ferdinand hörte zu und machte sich Notizen. Ab und zu stellte er eine Zwischenfrage. Als Wildgruber darauf zu sprechen kam, wie er in die Gemeindratssitzung hereingeplatzt war, um dem Breitinger vor allen Leuten seine Anklage entgegenzuschleudern, wollte er die Namen aller Anwesenden wissen und ließ sich jede Einzelheit haarklein beschreiben, die anwesenden Personen, die Einrichtung des Gemeindehauses, jeden Satz der gesprochen worden war und die genaue Uhrzeit.

»Können Sie sich erinnern, ob Wenzel zu jener Zeit ebenfalls anwesend war?«

Der Wildgruber schüttelte bedauernd den Kopf. Nein, er sei sicher, dass Wenzel nicht im Gemeindehaus oder in dessen Nähe gewesen sei.

Ferdinand dachte nach. »Haben Sie Wenzel denn an jenem Tag überhaupt gesehen? Denken Sie nach, das ist sehr wichtig!«

Valentin Wildgruber schloss die Augen und schien im Geiste Schritt für Schritt seinen damaligen Weg noch einmal zu gehen.

»Ich glaube, ich habe ihn mit dem Milchwagen zur Molkerei fahren sehen«, meinte er schließlich. »Das war aber schon, als ich noch auf dem Weg ins Gemeindehaus war.«

»Und auf dem Rückweg sind Sie dem Milchwagen nicht begegnet?«

Wildgruber schüttelte den Kopf. »Nein. Aber nachdem der Bürgermeister die Polizei gerufen und der Dienst habende Beamte mich aus dem Gemeindehaus gebracht hatte, habe ich noch ziemlich lange auf der Polizeiwache auf ihn eingeredet, weil ich den Breitinger anzeigen wollte.«

Sein Gesicht verdüsterte sich. »Er hat so getan, als wäre ich betrunken oder nicht ganz bei Trost. Ich solle eine Nacht darüber schlafen, hat er gemeint. Morgen könne ich wiederkommen, wenn ich unbedingt Anzeige erstatten wolle.«

»Und als Sie nach Hause gegangen sind, da war die Gemeinderatssitzung längst beendet«, ergänzte Ferdinand, und Wildgruber nickte.

»Es war schon dunkel, oder?«

Wildgruber bestätigte auch dies.

»Und auf Ihrem Heimweg haben Sie weder den Breitinger noch den Wenzel gesehen?«

»Das ist richtig.«

»Eines würde mich noch zu Wenzel interessieren: Sie sagen, er sei Ihnen mit dem Milchwagen begegnet, als er auf dem Weg zur Molkerei war. Können Sie mir sagen, ob er normalerweise von der Molkerei sofort wieder nach Hause gefahren ist?«

Valentin Wildgruber zuckte die Schultern. »Er hatte es nie besonders eilig, der arme Kerl. Er wusste ja, dass ihn zu Hause meist nicht viel Gutes erwartete.«

»Also wäre es möglich, dass er gerade auf dem Heimweg war, als der Breitinger von der Gemeinderatssitzung kam, und sie sich unterwegs begegnet sind ...«

Ferdinand nickte nachdenklich, dann stand er auf, ging auf den alten Mann zu und drückte ihm die Hand. »Herr Wildgruber, ich verspreche Ihnen, noch vor Ablauf dieses Jahres werden Sie als vollständig rehabilitierter Mann in Ihre Heimat zurückkehren können. Setzen Sie sich mit dem Anwalt Doktor Schwab in Verbindung und leiten Sie die notwendigen Schritte ein.«

Valentin Wildgruber nickte nun und erklärte sich damit einverstanden, obwohl er immer noch wie benommen war von der jähen Wendung, die sein Schicksal nehmen sollte. Schließlich hatte er ursprünglich nur nach einem Weg gesucht, Nachrichten über seine Tochter zu erhalten und sie, wenn es möglich und vernünftig schien, in ihre Rechte einzusetzen, ohne dass er selbst im Dorf in Erscheinung zu treten hatte.

Er bat Ferdinand, sich einmal etwas anzusehen, kramte in seiner Brieftasche und raschelte mit Papieren. Schließlich zog er eine zerknickte Schwarz-Weiß-Fotografie hervor und reichte sie dem Ferdinand.

Dieser griff danach, warf einen Blick darauf, und sein Gesicht drückte auf einmal freudiges Erstaunen aus.

»Sara!«, rief er.

Der Alte schüttelte den Kopf. »Nein, das war ihre Mutter.«

Ferdinand betrachtete das Bild und konnte nur den Kopf schütteln über die Ähnlichkeit, die Sara mit ihrer Mutter hatte.

»Sara hat ihre Mutter so früh verloren, dass sie keine Erinnerung mehr an sie hat«, sinnierte er. »Man müsste ihr das Bild einmal zeigen. Wollen Sie es mir leihweise überlassen?«

Wildgruber erklärte sich einverstanden.

Ferdinand war zufrieden, denn nun konnte er sein Vorhaben in Angriff nehmen. Doch zuvor, so entschloss er sich, hatte er seinem Auftraggeber ebenfalls noch ein Geständnis zu machen. Er wusste nicht recht, wie anfangen und druckste etwas herum, bis er sich schließlich einen Ruck gab und zu Wildgruber sagte: »Ich weiß nicht recht, wie ich es Ihnen beibringen soll, aber ich kann Sie unmöglich darüber im Unwissen lassen, das wäre nicht in Ordnung. Ihre Tochter und ich ... es ist einfach irgendwie passiert, und ich kann so wenig dafür wie sie – aber wir lieben uns!«

Valentin Wildgruber traute seinen Ohren nicht und sah Ferdinand überrascht an, sagte aber nichts.

»Ich habe Sara nicht gekannt, als ich in Ihrem Auftrag den Wildgruberhof aufgesucht habe«, sagte Ferdinand. »Auch das Bild ihrer Mutter hatten Sie mir nicht gezeigt. Ich hatte wirklich keinen geheimen Hintergedanken, als ich in Ihrem Auftrag den Wildgruberhof aufgesucht habe. Es ist einfach so gekommen. Falls Sie nicht damit einverstanden sein sollten, dass ich mich unter diesen Umständen weiter auf dem Hof aufhalte, werde ich die Aufklärung des Falls von einem anderen Platz aus weiterbetreiben.«

Valentin Wildgruber schüttelte nach einigem Nachdenken den Kopf. »Gehen Sie ruhig dorthin!«, sagte er. »Wenn das Mädchen Sie liebt, was sollte daran falsch sein? Soll ausgerechnet ich darauf bestehen, dass sie einen reichen Bauernsohn nimmt, so wie meine Eltern von mir erwartet haben, dass ich eine Bauerntochter heirate? Wenn meine Eltern eingesehen hätten, dass meine Sara die einzige Frau war, mit der ich glücklich werden konnte, wäre mein Leben vielleicht ganz anders verlaufen. Wir haben uns nicht einschüchtern lassen, und wir waren glücklich miteinander, trotz aller Anfeindungen. Freilich, dann ...«

Er konnte nicht mehr sprechen, weil ihm plötzlich die Kehle wie zugeschnürt war.

10

Die alte Bauernregel, dass in einen stürmischen und verschneiten Lichtmesstag bereits der Frühling schaut, sollte sich bestätigen. Wenige Tage später schon schlug das Wetter um. Am Himmel stiegen die Föhnwolken auf, in der milden Luft sprang das Eis auf und begann der Schnee zu tauen, in den nachfolgenden Regenfällen sammelte sich das Wasser in allen Niederungen. Schäumend polterte die überfüllte Ach durch das Tal. Das Gebirge schien näher zu rücken, die Wälder wurden wieder schwarz, als ihr weißes Winterkleid abschmolz.

Ambros Wildgruber war in die Stadt gefahren, um das Saatgut und die Düngemittel für den kommenden Anbau zu bestellen und andere notwendige Besorgungen auf den Ämtern und Banken zu machen.

Ferdinand hob droben am Grenzrain die verschütteten Gräben aus, damit das Wasser ablaufen konnte, das noch überall auf den Fluren stand. Auch die Leute vom Breitingerhof nahmen in der Nähe dieselbe Arbeit vor. Sie riefen sich manchmal ein paar heitere Worte zu.

Später sah Ferdinand, wie Sara das Haus verließ. In kniehohen Gummistiefeln stieg sie drüben am schneegefleckten Hügel hinauf. Offenbar schaute sie nach ihrer Kapelle, die sie den ganzen Winter lang nicht mehr hatte aufsuchen können. Der Bauer war nicht da, und so nutzte sie die Gelegenheit, niemandem Rechenschaft über ihr Tun ablegen zu müssen.

Er wartete, bis sie droben in dem Fichtenhain verschwunden war, stieß dann die Schaufel in die Erde und wollte ihr folgen.

»Hast du etwa schon genug?«, rief der alte Vitus ihm nach.

»Ich hol mir bloß den Pickel!«

»Du kannst unseren haben!«

Diese Freundlichkeit brachte Ferdinand fast zum Fluchen. Konnte man denn keinen Schritt hier tun, ohne dass man gesehen und beobachtet wurde?

Er konnte also nicht weg. »Und wieder eine Gelegenheit verpasst!«, dachte er grimmig. Morgen würde der Bauer wieder da sein und für die nächsten Wochen keinen Schritt vom Haus weg tun.

»Lässt du dich in der Fastnacht einmal sehen bei uns?«, fragte Vitus.

»Sind wir denn schon im Fasching?«

Vitus lachte: »Das ist doch schon fast wieder vorbei. Im Dorf ist schon die ganze Woche jeden Abend etwas los.«

»So? Was denn?«

»Die Maskeraden kommen am Abend in die Häuser, treiben allerlei Schabernack, wie das halt so ist bei uns.«

»Ich habe noch gar nichts davon bemerkt.«

»In den Wildgruberhof kommen sie nicht.«

»Aha! Freilich ... Kommen sie denn zu euch?«

»Manchmal.«

Ferdinand schlug den Pickel in die Erde, dass es nur so spritzte. In Gedanken war er bei den Fastnachtsspäßen, die er in früheren Jahren erlebt oder selbst ausgeheckt hatte. Ferdinand lächelte bei diesen Erinnerungen. Aber dann entwickelte sich in ihm ganz von selbst ein recht verwegener Plan, er nahm immer festere Gestalt an, bis er die Hacke sinken ließ und, alles um sich herum vergessend, über die unfreundliche, mit matschigem Schnee bedeckte Landschaft hinblickte.

Am Abend trug er den Pickel den Breitingerleuten zurück, sagte gute Nacht und ging.

»Kommst du denn nun?«, rief der alte Vitus ihm nach.

Ferdinand schaute sich nach ihm um. »Mal sehen. Lass dich überraschen ...«

Als er daheim den Stall betrat, werkelte die Martha bereits bei den Kühen.

»Ist der Bauer schon da?«, fragte er.

»Nein.«

Sie machten sich nun zusammen an die Stallarbeit, er fütterte die Tiere und karrte den Mist hinaus, und Martha molk.

Später kam er auf sie zu. »Martha, ich muss unbedingt mit Sara sprechen!«

Sie zwinkerte mit den Augen. »Das kann ich mir denken!«

»Du wirst lachen, Martha, aber es ist ungeheuer wichtig!«

Sie maß ihn mit einem neckischen Blick, erkannte aber seinen Ernst. »Und?«

»Ich muss ihr eine Botschaft bringen. Rate mal, von wem.«

»Eine Botschaft?«

»Von ihrem Vater.«

Der Alten setzte der Atem aus, sie riss nur den Mund auf und schnappte nach Luft. »Bist du verrückt?«

Er achtete nicht auf ihre Bemerkung. »Du musst mir helfen!«

»Was soll ich machen?«

»Das sage ich dir alles später!«

»Lebt er denn wirklich noch, der Bauer?«

»Ja, aber vorläufig darf das noch niemand wissen. Pass auf, Martha! Du tust, als ob du von nichts wüsstest! Verstanden? Ich geh jetzt zu Sara ins Haus, ich muss mit ihr reden, bevor der Bauer kommt.«

»Wer fährt die Milch weg?«

»Ach ja, die Milch!« Ferdinand machte sich eilig fertig und jagte dann mit dem kleinen Wagen davon. Er hatte Pech, denn auf dem Heimweg überholte er den Bauern, der eben gegen den Eichgraben anstieg. Es half nichts, er musste den Weg gemeinsam mit ihm fortsetzen. Es war also wieder nichts ...

Ambros Wildgruber sagte nur, dass sie nächste Woche zur Stadt fahren müssten, um Saatgut und Düngemittel abzuholen, er habe alles beim Lagerhaus bestellt und auch schon bezahlt.

Schweigend fuhren sie heim.

Nach dem Abendessen drückte sich Ferdinand noch eine Weile um das Haus herum.

Der Bauer saß in der Stube und blieb auch dort, bis seine gewohnte Zeit zum Schlafengehen gekommen war.

Die Martha schaute noch einmal in den Stall, löschte dann die Lichter und verschloss die Türe.

»Ich hab's ihr schon gesagt«, raunte sie Ferdinand zu. »Komm später in meine Kammer, sie wartet dort auf dich.«

»Soll ich das wirklich, Martha, in deine Kammer kommen?«

Die Alte nickte. »Wie soll man es denn sonst machen in diesem verfluchten Haus?«

Und so geschah es.

Kaum war in der Stube das Licht erloschen und der letzte Schritt des Bauern im Söller verhallt, trat Ferdinand in die Kammer der Martha.

Sara stand am Fenster und schaute ihm erwartungsvoll entgegen. Sie war sehr aufgeregt.

»Wo ist die Martha?«, fragte er.

»Sie wartet in meiner Kammer.«

»Schlau!«, lachte er.

»Sie sagt, du hättest mir etwas ganz Wichtiges zu sagen.«

»Jawohl, Sara, das habe ich.«

»Und? Ist es etwas Schlimmes?«

»Im Gegenteil. Ich weiß nur nicht recht, wie ich anfangen soll.«

Er trat unter das Licht und kramte in seiner Brieftasche. »Komm her, Sara, ich muss dir etwas zeigen!«

Er reichte ihr die alte Schwarz-Weiß-Fotografie, die er von Valentin Wildgruber bekommen hatte. »Jetzt sag mir, bist du das oder bist du es nicht?«

Sie sah das Bild ratlos an. »Das bin schon ich – aber dieses Bild kenne ich nicht. Wo hast du es her?«

Er lächelte. »Nein, Sara –, du könntest es zwar sein, aber du bist es nicht«, sagte er. »Wie du siehst, ist es ein altes Bild. Du trägst keine solche Kleidung, auch deine Frisur ist anders. Nur das Gesicht ist gleich, die Augen ...«

Sie schaute ihn verwirrt an. »Ferdinand, wenn ich das nicht bin, wer ist es dann?«, flüsterte sie.

»Es ist deine Mutter.«

Sie schloss die Augen, stand eine Weile da, ohne etwas zu sagen. Plötzlich aber griff sie nach seinen Armen und sah ihn groß an. »Wo hast du das Bild her?«

»Von deinem Vater.«

»Ist er tot?«, fragte sie tonlos.

»Nein, Sara, er lebt. In seinem Auftrag bin ich hierher gekommen, letztes Jahr im Sommer. Nun weißt du, warum ich ausgerechnet im Kreuztal aufgetaucht bin. Jawohl, dein Vater hat mich zu dir geschickt, denn er will dafür sorgen, dass er dir den Hof überschreiben kann. Selbst wollte er nicht herkommen, weil er glaubte, sich wegen seiner Vergangenheit von hier fernhalten zu müssen. Doch ich weiß nun, dass er am Tod Breitingers unschuldig ist, und ich bin dem wirklichen Täter auf der Spur. O ja, ich könnte heute schon sagen, wer den Bauern Breitinger damals im Eichgraben erschlagen hat, aber das hat erst dann einen Sinn, wenn ich genügend Beweise habe.«

Hatte sie überhaupt wirklich erfasst, was er ihr gesagt hatte? Sie sah aus, als hätte sie der Schlag getroffen.

»Es ist schrecklich, wenn man einem Kind sagen muss, sein Vater sei tot«, fuhr er fort, »aber es ist nicht viel leichter, einen verschollenen und totgeglaubten Vater zu seinem Kind zurückzubringen. Er hätte gleich nach Verbüßung der Strafe heimkehren müssen, aber dass er es nicht tat, ist hauptsächlich den unglücklichen Umständen zuzuschreiben. Er glaubte, dass es auch für dich besser sei, wenn er für immer fortbliebe, denn du hattest ihn so viele Jahre lang nicht gesehen, und er hoffte, im Dorf denke nach so langer Zeit niemand mehr an das alte

Verbrechen, sofern er selbst sich nicht hier sehen ließe!«

Jetzt brach sie in Tränen aus und warf sich Ferdinand an die Brust.

»Du solltest dich freuen, Sara! Du hast einen Vater, er wird nicht mehr lange von dir getrennt sein. Und schau« – er küsste sie –, »diesen Kuss schickt er dir!«

Sie fing an zu schluchzen.

Er riss sie an sich. »Und dieser Kuss ist von mir!«

Sosehr sich Sara auch anstrengte, sich nichts anmerken zu lassen, ganz gelang es ihr doch nicht, ihr gewohntes Wesen zur Schau zu stellen.

Martha ahnte, was in ihr vorging, aber sie schwieg und tat so, als ob sie von nichts wüsste. Sie wollte den Ferdl nicht enttäuschen, der sie ins Vertrauen gezogen hatte.

Der Bauer merkte ebenfalls, dass Sara sich verändert hatte. Oft folgte er ihr mit den Blicken und beobachtete sie heimlich.

Eines Tages rief er sie schließlich in die Stube. »Was hast du?«, fragte er.

Sie tat verwundert: »Ich? Nichts.«

»Doch! Ich höre dich manchmal hysterisch auflachen, dann sehe ich dich heimlich weinen. Was sind denn das für Anwandlungen?«

»Ich weiß nicht, was du meinst!«

»Dann muss ich's dir wohl sagen: In deinen Jahren hat man noch nicht die hysterischen Anfälle einer alten Jungfer, also kann es nur eine hoffnungslose Liebschaft sein! Da du aber nicht aus dem Haus kommst, kann die Ursache deiner Verwandlung sich nur hier befinden! Ich werde also etwas strenger auf dich aufpassen müssen. Lieber jage ich den Ferdl heute noch davon, als dass wir später nicht wissen, wie wir mit der Schande fertig werden sollen.«

Sie sagte nichts, und als sie seinen harten Blick nicht mehr ertragen konnte, neigte sie den Kopf.

»Hast du mich verstanden?«

Auch Ferdinand hatte sich zu verantworten.

»Mach mir bloß keine solchen Geschichten, Kerl!«, knurrte Ambros Wildgruber. »Ich habe dir schon einmal gesagt, was los ist, wenn du mit unserer Sara Heimlichkeiten anfängst!«

»Ich werde mich hüten, Bauer; ich will doch meinen Platz nicht verlieren!«

»Kann man dir trauen?«

»Wie einem Hexenschuss, wenn das Wetter umschlägt«, versuchte Ferdinand die Sache ins Komische zu ziehen.

»Ich sehe, dass du die reinste Indianerbemalung im Gesicht hast. Gehst du noch fort?«

»Bloß ein bisschen zum Fastnachtsumtrieb. Das ist doch in Ordnung, oder?«

»Meinetwegen geh hin, wo du willst, bloß im Haus mag ich diese Späße nicht.«

»Vielleicht schau ich nachher zum Breitinger hinüber.«

»Geh lieber ins Dorf!«

»Ist recht.«

Aber es dauerte noch geraume Zeit, bis Ferdinand mit seiner Maskierung fertig war. Dann schlich er so leise davon, dass kein Mensch etwas davon merkte.

Gerade im einsamen, abgelegenen Kreuztal wurden die Tage der Fastnacht mit einem gewissen Übermut begangen. Man wollte wohl bei solcherlei Anlässen den Mangel an Abwechslung etwas aufholen, vor allem die jüngere Generation, und die Alten schauten vergnügt zu und erinnerten sich dabei an die Streiche, die sie in der eigenen Jugend begangen hatten.

Im Dorfwirtshaus war in diesen Tagen allerhand los, es wurde getanzt und Unfug getrieben bis über die mitternächtliche Stunde hinaus, und es gab Räusche, wie man sie sonst nicht kannte. Aber man drückte die Augen zu, wenn manche der Burschen über die Stränge schlugen.

Es war ja Fastnacht.

Nicht nur im Wirtshaus tobte sich die Achgadener Jugend aus, vereinzelte maskierte Pärchen drangen auch in die Bauernstuben ein und trieben ihren Schabernack. In den tollsten Verkleidungen, als Teufel, Hexen und Fabelwesen mit Tierköpfen versuchten die Burschen die Mädchen zu erschrecken. Man wusste nie, wen man vor sich hatte, und gerade darin lag der Spaß.

Weniger Spaß freilich machte den Leuten von Achgaden in diesem Jahr eine bestimmt Einzelmaske, die bald in dieser, bald in jener Bauernstube auftauchte und nicht im Scherz, sondern voll bitterem Ernst die Dummheit und Leichtfertigkeit der Achgadener Dorfgemeinschaft anprangerte, die daran Schuld trage, dass ein völlig unschuldiger Mensch vor ungefähr achtzehn Jahren ins Zuchthaus geschickt worden sei. Keiner habe damals für den Bauern vom Wildgruberhof Partei ergriffen, obwohl jeder hätte begreifen können, dass er die Tat gar nicht begangen haben konnte. Untätig habe man zugeschaut, wie seine Frau zugrunde ging, die Fremde, die hier eine neue Heimat finden wollte, der aber nur Verachtung entgegengeschlagen sei. Nun sei es so weit, und Valentin Wildgruber werde Klage führen gegen sein herzloses Dorf ...

Ehe man jedoch den Sinn der Rede richtig erfassen konnte, war die Maske verschwunden. Langsam erstarb das Lachen in den Gesichtern der Zuhörer, die irgendeinen Fastnachtsscherz erwartet hatten und nun erkannten, dass es beileibe keiner war.

»Was soll das nun heißen?«, wurde gefragt, aber niemand wusste eine Antwort. Die Älteren riefen sich die Vorgänge von damals ins Gedächtnis und fingen an zu erzählen. Die Jüngeren hörten zu.

Jeder kannte den Zigeunerhof von Laubers, aber nicht alle wussten, woher er seinen Namen hatte. Man hatte sich auch nie darum gekümmert. Es gab schließlich die seltsamsten Hausnamen unter den Bauerngehöften. Allmählich kam es zu einer regelrechten Aufregung im Dorf, man bemühte sich, die Maske abzufangen, um zu sehen, wer sich dahinter verbarg. Aber es gelang nicht.

Was sollte man nun von der Geschichte halten? Sollte man damals wirklich Valentin Wildgruber unschuldig verurteilt haben? Wo aber war der Mörder Breitingers denn dann zu suchen?

Diese Fragen wurden bis zum Pfarrhof getragen, aber der Pfarrer runzelte nur die Stirn und zuckte die Schultern.

Die Masken wanderten wieder in die Truhen. Die Narrenzeit war aus. Es war Aschermittwoch geworden.

Ambros Wildgruber stand unter der Tür und schaute über die öden Fluren hin. Bis auf wenige Reste in den sonnenarmen Winkeln war der Schnee weggeschmolzen. Auf den Äckern spross die junge Saat des Winterkorns.

Hinter den bewaldeten Hügeln stieg die Morgensonne herauf. Ein Schwarm Krähen flog schreiend über das Dach hinweg und ließ sich draußen auf einem kahlen Wildkirschbaum nieder.

Ferdinand eggte über das brache Feld und bereitete es für die Sommersaat. Das Rattern der Zugmaschine echote im Haus. Von der Straße herein kam eine große, dunkle Gestalt auf das Haus zu. Ambros Wildgruber kniff die Augen zusammen und erkannte den Pfarrer von Achgaden.

›Was will denn der hier?‹, fragte er sich und warf die beschmutzte Arbeitsschürze ab.

Der Pfarrer von Achgaden war von großer, wuchtiger Gestalt, und ebenso groß und wuchtig war sein Kopf, der von einem schwarzen, weitkrempigen Hut bedeckt war. Er war schon ein alter Herr, aber noch bei voller Kraft.

Ambros Wildgruber zog die Mütze vom Kopf.

»Guten Morgen, Wildgruber!«, sagte der Geistliche und schöpfte Atem. »Ich komme heute einmal zu Ihnen!«

»Guten Morgen, Herr Pfarrer! Wohl wegen der Hauskapelle? Ja, es wurde schon lange keine Messe mehr dort gelesen, und das ging wohl auch nicht ...«

Der Geistliche verneinte stumm mit dem Kopf. »Ich habe mit Ihnen etwas zu besprechen. Sind wir allein?«

Der Bauer machte ein verwundertes Gesicht, nickte und führte den Gast in die Stube.

Der Pfarrer setzte sich auf die Bank und legte den Hut neben sich, obwohl der Bauer ihm einen Stuhl zuschob.

»Wissen Sie, wo Ihr Bruder ist?«, fragte er unvermittelt.

»Nein.«

»Der Bürgermeister hat mich heute schon nach der Frühmesse gebeten, ich solle zu ihm kommen. Er hat Neuigkeiten von Ihrem Bruder.«

»Ist mein Bruder tot?«

»Nein. Es ist etwas anderes, und der Bürgermeister hat mich darum gebeten, es Ihnen zu sagen. Er behauptete, ich könne so etwas besser. Also – Ihr Bruder wird heimkommen, Wildgruber.«

Der Bauer sagte lange nichts. »Ob das nun gut oder schlecht ist?«, murmelte er dann.

»Wieso?«

»Ich meine, die Leute wissen, was er getan hat, und man wird ihn zeitlebens schief anschauen. Ob er damit zurechtkommen wird?«

»Es hat sich noch etwas anderes ergeben. Der Mordfall soll noch einmal aufgerollt werden, jedenfalls wurde die Wiederaufnahme beantragt.«

»Von wem?«

»Von seinem damaligen Rechtsanwalt. Sie wissen ja, Ihr Bruder hat sich damals gestellt und selbst angezeigt. Er wurde verurteilt und nahm das Urteil an. Doch jetzt widerruft er sein Geständnis, nach nahezu achtzehn Jahren.«

»Unmöglich!«

»Aber es ist so, ich habe den Bericht selbst gelesen!«

Ambros Wildgruber stand unbeweglich da. Seine Augen wurden schmal.

»Ich habe es geahnt!«, sagte er durch die Zähne.

»Was denn?«

»Dass sie es war, dieses Weib!«

»Das sollte man ohne Beweis nicht einfach behaupten!«, sagte der Pfarrer.

»Wer soll es sonst getan haben?«, schrie der Bauer. »Eine Zigeunerin! Es war ein Fluch auf dieser Hochzeit, die meinen Vater vorzeitig ins Grab brachte! Und nun soll noch einmal die ganze Sache aufgerührt werden? Nein, sage ich! Mein Bruder hat gesagt, dass er den Breitinger erschlagen hat, und er soll dabei bleiben! Die Schande bleibt die gleiche, ob nun er oder sie dafür verantwortlich ist! Er soll bleiben, wo er ist! Heute noch zeigt man mit den Fingern auf den Zigeunerhof. Aber ich habe nicht weglaufen können, sondern hier ausharren müssen, denn schließlich musste einer alles zusammenhalten, das Vieh war da, der Hof, das Kind, um das sich jemand kümmern musste!«

Ein paarmal versuchte der Pfarrer ihn durch eine Handbewegung zum Schweigen zu bringen, aber Ambros Wildgruber wurde immer lauter und heftiger.

»Moment, Wildgruber! Jetzt habe ich auch noch etwas zu sagen!«, donnerte der Pfarrer schließlich dazwischen. »Wehe uns allen, wenn uns eine Schuld treffen sollte an dem Unglück deines Bruders und am frühen Tod dieser armen Frau! Wir nennen uns Christen und meinen, unsere Aufgabe erfüllt zu haben, wenn wir unsere Arbeit tun, am Sonntag in unsere Kirche gehen und im Herrgottswinkel ein Kruzifix haben! Wir haben auch eine Pflicht gegen den Nächsten, gegen Menschen, die unsere Hilfe brauchen! Auch die Zigeunerin, wie du sie nennst, war ein Mensch, und vielleicht nicht der schlechteste! Hat man in der Zeit, solange sie auf dem Hof lebte, je ein böses Wort von ihr gehört? Hat sie ihre Arbeit getan? Hat sie sich um ihr Kind gekümmert? Hat sie ihren Mann geliebt? Und hat sie zu Gott gebetet? Du schweigst, also hat sie all das getan. Warum spricht man also davon nicht?«

Ambros Wildgruber schwieg. Trotzig schob er sein Kinn vor, doch der Pfarrer war noch lange nicht fertig mit seiner Rede: »Ist sie nicht fast undenkbar, die Vorstellung, dass sie am Breitinger zur Mörderin geworden sein soll und dann ihren unschuldigen Mann die Strafe hat auf sich nehmen lassen? Und falls sie dennoch wirklich schuldig geworden ist, dann hat Gott ihr verziehen, denn großes Unrecht war zuvor an ihr geschehen, sie war ja schon halbtot, als sie vor der Kapelle gefunden worden ist, und die Untat, die der Breitinger an ihr begangen hat, wird eine der Ursachen dafür sein, dass sie dann gestorben ist. Aber jedenfalls kommt Valentin wieder heim, Wildgruber, und das ist sein gutes Recht, denn er hat nicht nur einen Hof, sondern auch ein Kind.«

Es blieb jetzt eine lange bedrückende Stille zwischen ihnen.

Der Pfarrer hatte sich erhoben, er zerrte an seinem Kragen, als wäre er ihm zu eng geworden. Irgendwo im Haus waren Schritte, manchmal hörte man eine Tür zufallen. Vom Stall her kam das Brüllen einer Kuh.

»Was soll ich tun, Herr Pfarrer?«, fragte Ambros Wildgruber schließlich, sichtlich erschüttert über die temperamentvolle Predigt des sonst so gutmütigen Geistlichen.

»Man muss zunächst Sara darauf vorbereiten. Falls ihr Vater eines Tages vor der Tür steht, soll das nicht unerwartet für sie kommen.«

Der Bauer nickte. »Ich möchte Sie bitten, dass Sie das übernehmen, Herr Pfarrer!«

»Ist sie daheim?«

»Ja, ich rufe sie. Und die Leute vom Breitingerhof?«

»Ich spreche mit der Bäuerin.«

»Danke!«

Ambros Wildgruber ging hinaus, rief nach Sara und schickte sie in die Stube. Dann verließ er das Haus und ging hinaus auf den Acker, wo Ferdinand mit den Eggen an der Zugmaschine die Erde für die Saat bereitete.

11

Die Breitingerin war über den Besuch des Pfarrers nicht weniger überrascht als vorhin Ambros Wildgruber.

»Ich wollte allein mit Ihnen sprechen, Breitingerin!«

Sie führte ihn in die Stube. Dort saß Wenzel in der Ofenecke und kaute an einem Stück Brot

Der Pfarrer ging zu ihm hin, klopfte ihm auf die Schulter und sagte ein paar freundliche Worte.

Dann wandte er sich an die Bäuerin: »Ich muss Sie auf etwas vorbereiten, Bäuerin. Valentin Wildgruber wird heimkehren.«

Sie staunte, doch sie fasste sich rasch. »Dann ist es also doch richtig! Gestern Abend habe ich davon erzählen hören, aber ich habe mir gedacht, es wird wohl wieder ein haltloses Gerücht sein.

»Nein, es ist wirklich so.«

»Nun, dann soll er kommen!«

»Freilich, er wird Ihr Nachbar sein!«

»Warum? Hab ich etwas von ihm zu befürchten?«

»Nein, im Gegenteil. Ich hab mir gedacht, es könnte Sie erschrecken.«

Die Bäuerin winkte ab. »Nein, das erschreckt mich überhaupt nicht.«

»Das höre ich gern. Übrigens soll der Fall noch einmal aufgerollt werden. Valentin Wildgruber hat sein Geständnis widerrufen.«

Nun war die Bäuerin doch etwas bestürzt. »Wie?«

»Wir haben uns damals viel zu wenig um die Stichhaltigkeit seiner Aussagen gekümmert, es war auch alles so ein Durcheinander, die Aufregung, die ganze Überstürzung.«

»Er soll es gar nicht gewesen sein?«

»Nein.«

»Wer dann? Doch nicht gar ...«

»Seine Frau? Das war auch mein erster Gedanke. Und doch, es hat geheißen, er habe all die Jahre die Schuld auf sich genommen, um sie zu schützen. Wieso sollte er sich nach so langer Zeit anders besinnen, wenn es nicht Hinweise auf einen ganz anderen Täter gäbe?«

Die Frau erbleichte. »Du großer Gott! Und der Mann sitzt all die Jahre unschuldig im Gefängnis und irrt danach in der Welt herum, weil er sich nicht mehr heim wagt in sein Dorf. Ist das nicht himmelschreiend, Herr Pfarrer?«

Sie bot dem Pfarrer einen Krug Wein und ein Stück Geselchtes an, denn sie hatten noch einiges miteinander zu bereden.

Am Funkensonntag, das war der erste Sonntag in der Fastenzeit, brannten auf den Hügeln des Kreuztales die Feuer. Nach altem Brauch wurde die Winterhexe verbrannt. Die einzelnen Dörfer wetteiferten untereinander um das größte und schönste Feuer, das nach Einbruch der Nacht auf den Höhen zu sehen war.

Die Burschen erbettelten von den Bauern Holz und Stroh und schleppten es hinauf zu den Hügeln, die zum Abbrennen des Feuers ausersehen waren.

Die Mädchen flochten mächtige Strohpuppen, die als Winterhexen an den Pfahl gebunden und verbrannt wurden.

So auch in Achgaden. Es war freilich gerade eine Menge Aufregung im Dorf. Die Nachricht von der beabsichtigten Heimkehr des Valentin Wildgruber und von der Wiederaufnahme des Verfahrens über den Mordfall Breitinger war bis in das letzte Haus gedrungen und hatte eine mächtige Unruhe ausgelöst. Manch einer der Zeugen von damals fragte sich unbehaglich, welche Folgen dies für ihn selbst haben würde, und spürte den Drang sich zu rechtfertigen, darauf hinzuweisen, dass man es eben nicht besser habe wissen können. Mit eigenen Augen hatte man doch gesehen, wie Valentin Wildgruber den Breitinger im Gemeinderatszimmer gewürgt hatte und dass er mit Gewalt von ihm weggerissen und von der Polizei abgeführt werden musste.

Das war kurz vor dem Mord geschehen. Und er hatte die Tat doch schließlich aus freien Stücken und ohne Zwang gestanden. Wenn nicht er, wer sonst konnte den Bauern Breitinger erschlagen haben?

Der Wirt hatte in diesen Tagen seine Stube voller Gäste. Die Bauern fanden sich zusammen, um darüber zu sprechen und um Neues zu erfahren. Aber es gab nichts Neues, man konnte nur abwarten, was der neu aufgerollte Prozess bringen würde.

Die Jugend von Achgaden kümmerte sich weniger um diese Dinge. Sie hörte wohl mit, was darüber gesprochen wurde, aber im Übrigen bereitete sie mit weit größerem Interesse das fröhliche Funkenfeuer vor.

Und als dann am Sonntagabend nach Einbruch der Dunkelheit droben auf den Hügeln des Kreuztales die zusammengetragenen Holz- und Strohhaufen lichterloh brannten, war es ein Schauspiel wie in jedem anderen Jahr. Man hörte das Lachen und Rufen der ausgelassenen Jugend bis zu den Dörfern herab. Die Alten standen vor den Türen ihrer Häuser und schauten dem Treiben der Jungen zu. Die Mütter und Großmütter hatten die Kinder auf den Armen und zeigten ihnen die herrlichen Feuerfunken, die zum Himmel stoben, die glühenden Scheiben, die durch die Luft sausten. Man hörte die ulkigen Sprüche, die von den Burschen beim Abschlagen der Glühscheiben ausgerufen wurden, bis ins Dorf herein. Es war wie in jedem Jahr.

Ferdinand hatte sich den Feiernden des Breitingerhofs angeschlossen, denn er suchte immer noch eine gute Gelegenheit, in Ruhe mit Wenzel zu reden. Und wirklich fand er die ersehnte Gelegenheit zu fortgeschrittener Stunde, als er es geschafft hatte, ihn unbemerkt etwas abseits von der fröhlichen Runde zu lotsen.

»Wenzel«, begann er. »Du weißt ja, dass ich dein Freund bin. Oder etwa nicht?«

Wenzel nickte eifrig. Er mochte den jungen Arbeiter vom Nachbarhof, der zu allen freundlich war und auch ihm gegenüber nie Zeichen von Ungeduld zeigte, wenn er einmal wieder etwas nicht sofort begriff.

»Ich muss dich jetzt etwas sehr Wichtiges fragen. Es geht um eine Sache, die weiß kein Mensch außer dir, und deshalb kannst nur du mir helfen.«

Er fasste Wenzel an der Schulter und sah ihn eindringlich ins Gesicht: »Wirst du das tun? Mir helfen, weil du der einzige Mensch auf der Welt bist, der das kann?«

Als Wenzel wieder nickte, fuhr Ferdinand fort: »Du erinnerst dich doch noch an deinen Bauern? Jetzt ist er schon viele Jahre tot, aber damals, als er noch lebte, war der denn auch dein Freund?«

Wenzel verzog das Gesicht, während er angestrengt nachdachte.

»Nein«, sagte er dann, vor Aufregung fast über die Wörter stolpernd. »Er war böse. Er hat mich mit dem Gürtel geschlagen. Das hat wehgetan.«

»Das war wirklich sehr böse von ihm, Wenzel. Aber was hat er mit dir im Brechelhaus gemacht?«

Wenzel schwieg, doch er wirkte beunruhigt.

»Schau, Wenzel«, fuhr Ferdinand geduldig fort. »Ich weiß, dass du vor dem Brechelhaus einmal schreckliche Angst gehabt hast. Aber ich kann mir gar nicht vorstellen, warum. Kannst du mir das denn verraten?«

Wenzel wurde immer aufgeregter, und schließlich begann er von dem zu reden, was ihm im Brechelhaus widerfahren war.

Stotternd und unzusammenhängend waren seine Erklärungen, doch Ferdinand hörte ihm geduldig zu und stellte ihm weitere Fragen, wenn er etwas nicht begriffen hatte, und schließlich wusste er, was passiert war.

»Eines möchte ich noch wissen, Wenzel«, sagte er schließlich. »Die Eisenstange, was hast du eigentlich mit ihr gemacht? Hast du sie auf den Boden geworfen, als du weggerannt bist, oder hast du sie mitgenommen?«

Wenzel runzelte die Stirn und überlegte. Und dann sagte er, die Eisenstange habe er daheim in den Geräteschuppen gelegt. Denn so eine Stange könne man immer gebrauchen.

Auf dem Wildgruberhof schien einstweilen trotz der Neuigkeiten um Valentin Wildgruber alles seinen normalen Gang zu gehen.

Doch der Bauer lief noch mürrischer und schweigsamer durch die Gegend als sonst ohnehin schon. Er grübelte Tag und Nacht darüber, wie es nun mit dem Hof weitergehen sollte. Und dann musste er sich endlich überwinden, mit Sara über die neue Situation zu reden. Doch es fiel ihm schwer.

Schließlich suchte er das Mädchen in einem Moment, wo er sicher sein konnte, dass Martha nichts davon mitbekommen würde, in der Küche auf.

Sara blickte ihm erwartungsvoll und nicht ohne Furcht entgegen.

»Der Pfarrer hat dir wohl alles gesagt?«, fragte er sie ohne Einleitung.

»Ich weiß nicht, ob es alles ist, was er gesagt hat, nur dass der Vater eines Tages heimkehren könnte ...«

»Und?«

»Ich soll dann nicht erschrecken und ihm Vertrauen entgegenbringen.«

Ambros Wildgruber blickte grüblerisch zur Erde.

»Du weißt, dass der Hof deinem Vater gehört. Wenn er kommt, dann wird er wieder Bauer auf dem Wildgruberhof sein. Was mit mir werden wird, das ist ungewiss. Aber ich wusste ja immer, dass ich eigentlich nur den Besitz meines Bruders verwalte. All die Jahre habe ich mich abgerackert, um den Hof zu erhalten ohne Leute! Es wollte ja niemand mehr bei uns arbeiten. Danke der Martha, nicht mir, dass du gesund herangewachsen bist. Ich habe nie viel Gelegenheit gehabt, mich um dich zu kümmern. Ich habe nur gerackert von frühmorgens bis in die späte Nacht hinein. Und ich habe es immerhin geschafft: Kein Stück Vieh ging uns verloren, kein Meter Grund.

Ich wollte deinem Vater, wenn er wiederkommen würde, alles so zurückgeben, wie er es verlassen hatte. Aber er kam nicht, er kam nicht einmal deinetwegen. Der Feigling!«

Grau und fahl war sein Gesicht, plötzlich gealtert, mit Runzeln und Falten. Seine Wangen und sein Kinn waren mit grauen Bartstoppeln bedeckt.

»Denke darüber nach, wenn du über mich urteilst«, fuhr er fort. »Nicht der Mensch formt sein Schicksal, sondern das Schicksal formt den Menschen. Vielleicht war ich zu hart und zu streng mit dir, doch nicht, weil ich dir übel wollte. Ich hatte den besten Willen, alles richtig zu machen, aber wenn es falsch war, hoffe ich, du wirst mir verzeihen!«

Ohne ein weiteres Wort zu sagen, drehte er sich um und ging aus dem Raum und verließ Sara, die ihm voll Erstaunen nachsah. Sie brachte seine Worte lange nicht mehr aus dem Kopf. In ihrem Herzen regte sich das Mitleid.

12

Ambros Wildgruber war zusammen mit Ferdinand gerade zum Acker hinausgefahren, als unerwarteter Besuch ins Haus kam. Zwei Polizisten traten herein.

»Wir müssen den Bauern sprechen, und einen Mann namens Ferdinand Faustner, der hier arbeitet.«

»Sie sind draußen auf dem Acker, ich hole sie«, sagte Sara und lief aufgeregt hinaus. Ob das schon mit der Wiederaufnahme des Gerichtsverfahrens gegen ihren Vater zu tun hatte?

Die beiden Männer ließen alles stehen und liegen und gingen auf der Stelle mit ihr zum Haus. Der Bauer begrüßte die beiden Beamten, und alle vier begaben sich in die gute Stube. Dort sprachen sie längere Zeit miteinander.

Schließlich kamen sie wieder heraus, und der Bauer rief Sara im Vorbeigehen zu: »Wir müssen zum Breitingerhof, es kann einige Zeit dauern, bis wir wieder zurück sind.«

Sara blieb zurück, verwundert und tief besorgt. Wenn er ihr doch wenigstens gesagt hätte, was geschehen war!

Beim Breitingerhof waren noch alle Fenster dunkel. Man war wohl eben bei der Stallarbeit. Ferdinand Faustner ging zum Stall, um nach Wenzel zu fragen, und dieser kam nach kurzer Zeit heraus.

»So, Wenzel, diese Herren möchten gerne die Eisenstange sehen, von der du mir erzählt hast. Kannst du uns zeigen, wo sie ist?«

Wenzel wirkte eingeschüchtert angesichts der beiden Polizisten, doch nach einigem Zureden führte er die drei zu einem Schuppen. Er öffnete ihn und führte sie hinein.

Ferdinand sah sich im Halbdunkel um. Es handelte sich um einen Geräteschuppen, in dem allerlei landwirtschaftliches Gerät und Werkzeuge zu finden waren.

Wenzel ging in eine Ecke, wo eine große Kiste stand, und wühlte in ihrem Inhalt herum, der aus allerhand Kram bestand, mit dem wohl nichts Rechtes mehr anzufangen war, den man aber auch nicht wegwerfen wollte. Zwischen Seilenden und alten Blechteilen zog er schließlich eine eiserne Stange hervor. Mit zufriedenem Gesicht wollte er sie Ferdinand überreichen. Doch einer der Polizisten zog sofort Handschuhe über, nahm sie Wenzel aus der Hand und verpackte sie in einen durchsichtigen Kunststoffbeutel.

»Unser Labor wird auch nach so langer Zeit noch feststellen können, ob es sich bei den Flecken an der Stange um Blut handelt«, bemerkte er und fügte hinzu: »Herr Faustner, das war gute Arbeit!«

Im Haus war von all dem nichts bemerkt worden. Auch im Stall war man viel zu beschäftigt, um sich darum zu kümmern, was Ferdinand mit Wenzel zu bereden hatte. Matt fiel der Lichtschein aus der großen Toröffnung. Die Bäuerin bereitete wohl gerade das Abendessen.

Gemeinsam begaben sich die Männer nun ins Haus.

Ambros Wildgruber betrat die Küche, um die Bäuerin zu holen. Diese war schon über das unerwartete Auftauchen des Nachbarn sehr erstaunt, doch richtig erschrak sie, als sie die Polizisten sah. Sie führte alle zusammen in die Stube, und dann wurde sie darüber informiert, dass mit an Sicherheit grenzender Wahrscheinlichkeit ein Beweisstück dafür auf ihrem Hof gefunden worden war, dass nicht Valentin Wildgruber, sondern Wenzel ihren Mann damals, vor vielen Jahren, erschlagen hatte.

»Es war im Grund alles ganz einfach und einleuchtend, und Valentin Wildgruber hätte nur die Wahrheit sagen müssen!«, sagte der Inspektor. »Dass er geglaubt hat, seine Frau habe die Tat begangen, als er den Toten gefunden hat, wurde allen Beteiligten zum Verhängnis, denn er glaubte, sie mit seinem Geständnis schützen zu können.«

Die Bäuerin wurde kreidebleich. »Wenzel ... aber wie ... warum ...«

Der Polizeibeamte legte ihr beruhigend die Hand auf den Arm.

»Machen Sie sich keine Sorgen, Frau Breitinger. Wir werden Wenzel natürlich befragen müssen. Nach der Aussage von Herrn Faustner scheint aber offensichtlich zu sein, dass der Ermordete Ihren Bruder unmittelbar vor seinem Tod schwer misshandelt und dadurch zu einer Verzweiflungstat getrieben hat, bei der es sich auch bei einem voll Zurechnungsfähigen allenfalls um Überschreitung der Notwehr handeln würde. Im Falle Ihres Bruders, der die Folgen seines Handelns wegen seiner geistigen Behinderung kaum beurteilen konnte, wird dies ohne strafrechtliche Folgen bleiben. Ins Gefängnis kommt er jedenfalls nicht.«

Ferdinand nickte und erklärte der Bäuerin: »Wenzel hat mir erzählt, wie es dazu gekommen ist. Er war auf dem Heimweg von der Molkerei, und der Bauer kam gleichzeitig von der Gemeinderatssitzung. Aus irgendeinem Grund hat der Bauer dann einmal wieder einen Zorn auf Wenzel bekommen, und er hat ihm Schläge angedroht. Wenzel bekam Angst und ist vor ihm davongelaufen. Der Bauer muss darüber noch wütender geworden sein, denn er hat ihn bis in das Brechelhaus verfolgt.

Das Haus war schon damals unbenutzt, aber noch nicht so zusammengefallen, wie es jetzt ist. Wenzel ist in das Gebäude hineingeflohen, um sich dort zu verstecken, doch der Bauer folgte ihm. Dann hat er seinen Gürtel genommen und angefangen, auf ihn einzuschlagen. Das Fenster dort besteht ja nur aus einem Loch, das mit Eisenstangen vergittert ist. Wenzel, der an die Wand zurückgewichen war, hat an den Eisenstangen gerüttelt, denn er glaubte, er könne vielleicht durch das Fenster wieder hinausflüchten, und auf einmal hatte er eine der Stangen in der Hand. Doch die anderen saßen fest, und so war ihm jeder Fluchtweg versperrt. Und als der Bauer nicht aufhörte, auf ihn einzuprügeln, hat er versucht, sich zu wehren.

Hat Vitus dir jemals erzählt, dass er schon ein paar Tage vorher vom Bauern so verprügelt worden ist, dass er sich, damals zum allerersten Mal überhaupt, zu wehren versucht hat? Nun, schon dieses erste Mal hätte den Bauern das Leben kosten können, wenn Vitus nicht dabeigewesen wäre. Diesmal war Vitus nicht dabei, und der Bauer muss begriffen haben, dass er in ernsthafter Gefahr schwebte, als Wenzel mit der Eisenstange auf ihn losgegangen ist.

Nun hat er versucht zu fliehen, aber er ist nur bis zum Eichgraben gekommen. Dort hat Wenzel ihn eingeholt und so lange mit der Eisenstange auf ihn eingeschlagen, bis er, wie er selbst es gesagt hat, ganz still dalag.«

Die Bäuerin hatte ungläubig und voll Entsetzen zugehört.

»Wenzel, ist das wahr, was der Ferdl da erzählt hat?«, fragte sie schließlich.

Der Zurückgebliebene hatte zwar wenig von Ferdinands langer Rede begriffen, doch dass es dabei um ihn ging und die Eisenstange, die er ihm gegeben hatte, so viel wenigstens war ihm klar. Er nickte.

Die Bäuerin schüttelte bekümmert den Kopf und wandte sich an die Polizisten: »Was soll denn jetzt aus ihm werden? Ins Gefängnis wird er nicht kommen, haben Sie gesagt, aber muss er jetzt vielleicht doch in eine Anstalt?«

»Das kommt darauf an«, erwiderte der eine. »Bevor darüber entschieden wird, muss festgestellt werden, ob Ihr Bruder für die Allgemeinheit eine Gefahr darstellt. Wir werden darüber Gutachten erstellen müssen, für die er einige Tage in der Klinik von einem Fachmann untersucht wird. Übrigens hat sich Herr Faustner bereit erklärt, ihn täglich zu besuchen, damit er sich in der fremden Umgebung nicht zu sehr fürchtet. Aber im Moment deutet nichts darauf hin, dass eine dauerhafte Unterbringung in einer Anstalt notwendig wäre. Freilich, bis alles geklärt ist, müssen wir ihn natürlich in der Klinik unterbringen. Dort werden wir ihn unter Aufsicht eines Arztes auch zum Tathergang befragen. Wir werden Sie unverzüglich informieren, sobald wir wissen, wie es in Zukunft mit Ihrem Bruder weitergehen soll.«

Die Polizisten gaben der Bäuerin Adresse und Telefonnummer der Klinik, dann verabschiedeten sie sich und verließen den Breitingerhof zusammen mit Ferdinand und Wenzel.

»Bleib bitte noch!«, sagte die Bäuerin, als auch Ambros Wildgruber das Haus verlassen wollte.

Sie sahen sich an, und die Bäuerin rang mühsam um Worte.

»Habe ich mich mitschuldig gemacht?«, brach es schließlich aus ihr heraus. »Ich habe ja mit angesehen, wie schlecht es Wenzel damals ergangen ist. Andererseits, was hätte ich dagegen tun sollen?« Tränen standen in ihren Augen.

Die Tür ging auf, der junge Sohn der Bäuerin schaute mit erschrockenem Gesicht herein. »Was ist mit dem Wenzel?«, fragte er.

»Geh!«, bat die Bäuerin ihn. »Ich erkläre dir alles, aber nicht jetzt. Du wirst es früh genug erfahren.«

Beklommen zog sich der Junge zurück.

»So jung müsste man sein und mit allem nichts zu tun haben!«, sagte die Breitingerin mit einem Blick auf die Tür. »Wo ist dein Bruder?«

»Ich weiß es nicht«, antwortete Ambros Wildgruber.

»Erkläre mir wenigstens, warum er die Tat auf sich genommen hat!«

»Weil es so aussah, als hätte seine Frau sie begangen.«

»Wie konnte er nur daran glauben?«

Ambros Wildgruber zog den Atem laut durch die Nase. »Sie war eine Zigeunerin. Wer konnte sich sicher sein, was in ihrem Kopf vorgeht?«, stieß er dann hervor. »Ich hätte es an seiner Stelle auch geglaubt – wir haben sie wohl beide nicht wirklich gekannt. Man kann an Toten nichts mehr gutmachen, Bäuerin!«

Er ging zur Tür, wandte sich aber noch einmal um. »Den Wenzel trifft wenig Schuld, Bäuerin! Ein Ochse, der immerzu geprügelt wird, kann in Panik einen Menschen tottrampeln. Kann man Wenzel vorwerfen, dass er sich zu wehren versucht hat, als er verprügelt wurde? Wir wollen nicht mehr über Menschen richten; wie weit man damit kommt, haben wir nun gesehen. – Gute Nacht!«

Schon wenige Tage später berichteten die Zeitungen ausführlich von den erregenden Vorfällen in einem Dorf des entlegenen Kreuztales, von der Revision eines Gerichtsurteils, das vor rund achtzehn Jahren über den Bauern Valentin Wildgruber wegen vorsätzlichen Totschlags ergangen war. Die ganze Geschichte wurde noch einmal aufgerollt, das Schicksal des jungen, leichtsinnigen Herumtreibers, der monatelang spurlos verschwunden gewesen war und, als er wieder kam, eine schöne, junge Frau mitbrachte, sie gegen den Willen seiner Angehörigen zu seiner Bäuerin machte und trotz des Misstrauens und offener und versteckter Feindseligkeiten der ganzen Dorfgemeinschaft zwar zurückgezogen, aber glücklich mit ihr lebte, solange es seinem Nachbarn, dem Breitinger, gefiel, der in der schönen Fremden ein Freiwild sah und sich mit Gewalt nehmen wollte, was sie ihm freiwillig nicht gab.

Der Bauer Breitinger wurde in jener Unglücksnacht im Eichgraben erschlagen, nachdem Valentin

Wildgruber in aller Öffentlichkeit schon gegen ihn handgreiflich geworden war. Achtzehn Jahre lang galt Valentin Wildgruber als Täter, er gestand vor Gericht seine Schuld, nahm schweigend das Urteil an, wanderte ins Zuchthaus und blieb darauf verschollen. Niemand verschwendete einen Gedanken daran, dass der Bauer Breitinger auch auf seinem eigenen Hof gehasst und gefürchtet wurde.

Seine Brutalität gegen seinen geistig zurückgebliebenen Schwager Wenzel wurde dem gewalttätigen Mann zum Verhängnis. Denn auf dem Heimweg zu seinem Hof war er diesem begegnet, als Wenzel gerade auf dem Heimweg von der Molkerei war. Es ließ sich nicht mehr rekonstruieren, was Wenzel getan oder gesagt hatte, das Breitinger in Wut gebracht hatte. Doch Zeugenaussagen bestätigten, dass oft schon Kleinigkeiten bei diesem furchtbare Wutanfälle hervorgerufen hatten. Wenzel suchte sein Heil in der Flucht, doch das alte, längst nicht mehr benutzte Brechelhaus, in das er sich flüchtete, wurde für ihn zur Falle, aus der er sich nur noch durch Gewaltanwendung befreien konnte. Mit einer Eisenstange erschlug er den Bauern.

Der unglückliche Valentin Wildgruber fand jedoch seine Frau nach seiner Heimkehr nicht im Hause vor, und als er durch die Nacht irrte, um sie zu suchen, entdeckte er im Eichgraben den erschlagenen Breitinger. Er glaubte, dass seine verzweifelte Frau die Tat begangen hätte, meldete sich bei der Polizei und legte ein falsches Geständnis ab.

Die junge Frau hingegen hatte ebenfalls den Toten gefunden und ihren Mann für den Täter gehalten. Ohnehin nahezu von Sinnen wegen der Gewalttat, der sie zum Opfer gefallen war, und überzeugt davon, ihr Mann sei der Täter, war sie in ihrem Entsetzen zur Kapelle des Wildgruberhofes im Wald geflüchtet, wo sie erst am nächsten Morgen besinnungslos aufgefunden wurde.

In der folgenden Nacht forderte die Untat des Breitinger, das Entsetzen über den vermeintlich von ihrem Mann begangenen Mord und die Nacht im Freien bei Kälte und Nässe mit ihr eine weiteres Todesopfer, denn sie erlitt, von allen unbemerkt, eine Fehlgeburt, bei der sie verblutete.

Aufgedeckt hatte die wahren Umstände jener Tat, die damals so großes Aufsehen hervorgerufen hatte, ein junger Mann, der als Privatdetektiv von Valentin Wildgruber beauftragt worden war, die Verhältnisse auf dem Wildgruberhof zu erkunden, um ihm anschließend dabei zu helfen, der jungen Sara Wildgruber den Hof als ihr Eigentum zu übertragen, ohne selbst in Erscheinung treten zu müssen.

Doch der junge Mann, der sich als Arbeiter auf dem Hof einschlich, entdeckte Hinweise darauf, dass die Bluttat, deren Valentin Wildgruber sich immer noch selbst bezichtigte, nicht von diesem begangen worden war. Seine Recherchen hatten die wahren Umstände aufgedeckt. Valentin Wildgruber hatte bereits sein Geständnis von damals widerrufen und um Wiederaufnahme des Verfahrens nachgesucht ...

Das konnte man dieser Tage in den Zeitungen lesen. Das Dorf Achgaden geriet in große Aufregung, in jedem Haus wurde darüber gesprochen, am Biertisch nahmen die Bauern lautstark Stellung, und der Pfarrer lief mit düsterem Gesicht umher, wenn er auf den Dorfstraßen zu sehen war. Niemand wagte ihn um seine Meinung in dieser heiklen Angelegenheit zu befragen. Denn man fühlte deutlich genug, dass man selbst reichlich Schuld an dem tragischen Geschehen hatte.

Wer hatte wohl damals den verächtlichen Namen erfunden und geprägt?

Zigeunerhof!

Natürlich ließ sich das nicht mehr feststellen. Aber alle hatten ihn verwendet, und nicht im guten Sinn. Droben auf dem Dorffriedhof befand sich ein Grab, es war nicht einmal eine beschriftete Tafel an dem Eisenkreuz. Man wusste so auch, wer hier beerdigt war. Aber frische Blumen fand man auf dem Hügel. Sie wurden von Sara oder der Martha gepflanzt.

Der Pfarrer war nun schon ein paarmal auf dem Weg nach Laubers gesehen worden. Er hatte den Wildgruberhof mehrmals aufgesucht. Aber auch beim Breitinger kehrte der Pfarrer ein, denn dort bedurfte die Bäuerin seines Zuspruches.

Am Sonntag nach der Aufsehen erregenden Entdeckung, als der Pfarrer von Achgaden die Kanzel bestieg, um die Predigt zu halten, schaute er lange schweigend auf seine versammelte Gemeinde nieder, als müsse er sich erst darauf besinnen, was er heute zu sagen hatte. Man rückte bereits unruhig auf den Sitzen. Nun würde er den Leute von Achgaden sicher die Leviten lesen.

Aber das geschah nicht. Mit ruhiger, fast leiser Stimme, die sich nur dann erhob, wenn ein Satz Nachdruck erforderte, begann er schließlich mit dem Christuswort: »Wer von euch ohne Sünde ist, der werfe den ersten Stein ...«

Nur kurz streifte er die Ereignisse, die in diesen Tagen die Dorfgemeinschaft in Atem hielt. Er rief die Bauern zur Mithilfe auf, wenn nun Valentin Wildgruber nach so langer Zeit wieder nach Hause kommen würde. Man habe damals dem jungen Mann, der mit einer schönen Fremden zu seiner Familie heimgekehrt war, um diese Frau zu heiraten, einen gar unfreundlichen Willkommgruß geboten, weil man nicht erkennen wollte, dass es eine große und innige Liebe war, die diese zwei Menschen zusammengeführt hatte. Was damals am Gebot der Nächstenliebe gefehlt wurde, könne heute wieder wettgemacht werden, denn abermals kehre Valentin Wildgruber wie von einer langen Reise zurück. Man wisse ja nun, welche Umstände ihn veranlasst hatten, die Schuld eines anderen Menschen auf sich zu nehmen ...

Und der Pfarrer schloss: »Jedes kleine Werk der Barmherzigkeit und Versöhnung tilgt vor Gott eine Menge Sünden und erwirkt seinen Segen. Gelobt sei Jesus Christus!«

Sonst ging es immer an ein Räuspern, Husten und Aufatmen, wenn der Pfarrer seine Predigt beendete. Heute rührte sich nichts. In der Kirche herrschte eine unwahrscheinliche Stille. Seine Worte waren den Leuten zu Herzen gegangen.

Am Tag zuvor schon war Ferdinand im Pfarrhof gewesen und hatte mit dem Dorfgeistlichen eine lange Unterredung. Aber das wusste niemand.

Auf den Fluren spross das neue Wachstum, die Wiesen standen in Blüte, als Sara nach Brux fuhr, um den Vater abzuholen. Ferdinand hatte ihr genau die Stelle beschrieben, wo er auf sie warten würde.

Sie sollten sich zuerst allein begegnen, Zeugen waren da nicht am Platz.

Erst als die Nacht hereinbrach, standen Valentin Wildgruber und seine Tochter droben auf dem Dorffriedhof vor dem Grab mit dem schmiedeeisernen Kreuz. Frische Blumen schmückten den Hügel.

Lang stand der Mann schweigend da, scheu schaute das Mädchen zu ihm hinauf und sah die Tränen, die über seine Wangen rollten. Da weinte auch sie.

Die Straßen des Dorfes waren leer, aus den Fenstern schimmerten die Lichter. Sie begegneten niemandem.

Beim Eichgraben verharrte Valentin Wildgruber vor dem steinernen Sühnekreuz.

Bevor sie das Haus erreichten, nahm er das Mädchen an sich und küsste es. »Sara! – Deine Mutter hieß auch so. Sie sah genauso aus wie du! In dir habe ich sie wieder.«

Als sie den dunklen Hof betraten, war eben die Martha unterwegs. Sie kam scheu heran und reichte ihm die Hand. »Grüß Gott, Bauer!«, sagte sie und schluckte.

»Unsere gute Martha! Wir sind beide recht alt geworden, nicht wahr?«

»Ja – freilich ...«

Dann gingen sie ins Haus, und die Martha wischte mit dem Schürzenzipfel über die Augen.

Ambros Wildgruber stand aufrecht in der Stube.

Die beiden Brüder schauten sich an.

Valentin streckte die Hand aus. »Grüß Gott, Ambros!«

Es war ein gegenseitiger fester und langer Händedruck. »Ich danke dir, Ambros!«

»Wofür?«, fragte dieser und sah ihn erstaunt an.

»Für alles!«

»Es war nicht alles so, wie du's wolltest.«

»Lassen wir es auf sich beruhen! – Wir haben beide Fehler gemacht.«

Das war die Heimkehr Valentin Wildgrubers.

Gemeinsam gingen die Brüder durch das ganze Haus, schauten in die Stallung und in die Scheune.

Da trat plötzlich Ferdinand ihnen gegenüber. Lachend reichte er dem Heimkehrer die Hand.

»Und das ist wohl dein Arbeiter, den du am liebsten gar nicht weggelassen hättest, obwohl er eigentlich nicht das war, was er vorgegeben hatte!«, rief Valentin freudig und umarmte den Mann, dem er die Befreiung von jahrelanger Last zu verdanken hatte. »Man sollte sich überlegen, wie man ihn dazu bekommen kann, dass er nie mehr davonlaufen kann. Aber ich glaube, dafür weiß ich ein Mittel, oder, Ferdinand?«

Wenige Tage später suchte Valentin Wildgruber die Bäuerin vom Breitingerhof auf, und sie saßen über eine Stunde zusammen.

Am Sonntag ging Valentin Wildgruber mit allen seinen Leuten zur Kirche ins Dorf.

Und damit war alles getan, wovor ihm bangte. Aber er hatte sich vergebliche Sorgen gemacht. Er fand bei allen Menschen Einsicht und Vernunft, Versöhnung und Friedfertigkeit.

Das erste Mal hielt der Pfarrer von Achgaden wieder eine Messe in der kleinen Waldkapelle, als Sara und Ferdinand vor dem Altar standen und sich das Jawort gaben.

Es war niemand zugegen als die beiden Brüder Valentin und Ambros, Martha, und dazu die Bäuerin vom Breitingerhof und der alte Vitus. Mehr Leute hatten ja auch kaum Platz in der kleinen Kapelle. Die Stimme des Pfarrers hallte seltsam durch das enge Gewölbe, als spräche ihm eine andere Stimme jedes Wort nach.

Wenn er jedoch seine stillen Gebete las, drang von draußen das Lispeln und Raunen des Windes herein, der vor den Mauern mit den Blättern der Bäume spielte. Über den sonnenhellen Fenstern tanzten die Schatten.

Auch diese Hochzeit war still und schlicht, und es gab kaum mehr Teilnehmer als damals, als Valentin Wildgruber seine Braut zum Altar geführt hatte, aber sie war doch ganz anders. Auch damals hatten sich zwei junge Menschen die Hände zum ewigen Bund gereicht – aber diesmal begann eine Ehe mit dem Frieden.

Daran dachte Valentin Wildgruber.

Daran dachte wohl auch sein Bruder Ambros.

Für beide hatte das Leben einen ganz anderen Verlauf genommen, als sie gehofft hatten. Aber beide freuten sich am Glück zweier junger Menschen, die freilich noch nicht wussten, welchen Weg ihr Schicksal nehmen würde. Doch sie waren jung und hoffnungsfroh und konnten sich der Unterstützung aller Menschen im Dorf gewiss sein.